लाक्षागृह

लाक्षागृह

चित्रा मुद्‌गल

रेमाधव पब्लिकेशन्स

ISBN : 978-93-81297-01-8

लाक्षागृह (कहानी-संग्रह)

पहला संस्करण : 2012
तीसरा संस्करण : 2025

मूल्य : ₹ 595

प्रकाशक
रेमाधव पब्लिकेशन्स प्रा. लि.
जी-17, जगतपुरी, दिल्ली-110 051

शाखाएँ : अशोक राजपथ, साइंस कॉलेज के सामने, पटना-800 006
पहली मंजिल, दरबारी बिल्डिंग, महात्मा गांधी मार्ग, प्रयागराज-211 001
1, अनमोल सोराबजी संतुक लेन, धोबी तलाव, मरीन लाइंस, मुम्बई-400 002
वेबसाइट : www.remadhav.com
ई-मेल : contact@remadhav.com

मुद्रक
बी.के. ऑफसेट
नवीन शाहदरा, दिल्ली-110 032

LAKSHAGRAH
Stories by Chitra Mudgal

दोनों अम्माओं को सादर—

—जिसने मुझे जन्म दिया

—जिसने जीवनसाथी

उनकी मौजूदगी में

'लाक्षागृह' मेरा दूसरा कथा संकलन है। इसका प्रथम प्रकाशन 1982 में, 'पराग प्रकाशन' शाहदरा दिल्ली से हुआ था और उसके प्रकाशक थे, श्रीकृष्ण, जिन्होंने स्वयं बच्चों के विषय में काफी कुछ लिखा है। पुस्तक प्रकाशन में उनकी अभिरुचि कैसे हुई, इस विषय में उनके घनिष्ठ मित्र रहे 'धर्मयुग' के सह-सम्पादक द्वय में से एक, सुप्रसिद्ध बाल साहित्यकार रहे योगेन्द्र कुमार 'लल्ला' जी ही बता सकते हैं, यदि उनसे किसी प्रकार इस विषय पर कोई चर्चा हो पाती। सुना है इन दिनों 'लल्ला' जी गाजियाबाद में ही कहीं रह रहे हैं। श्रीकृष्ण का अता-पता अज्ञातावस्था में है। उनके विषय में 'थे' मैं इसलिए लिख रही हूँ कि लम्बे अरसे से 'पराग प्रकाशन' से प्रकाशित कोई पुस्तक इधर नजर से नहीं गुजरी। जैसा कि अशोक वाजपेयी ने कहीं लिखा है कि 'यह स्मृति शिथिल समय है' तो जाहिर है कि सदैव आगे देखने और भविष्य को लपककर अपनी जेब का सिक्का बना लेने के लिए आतुर लेखक समाज में पीछे छूट गए उन भले मानसों को कैसे और क्यों कर याद करें जबकि जमाना पीछे मुड़कर देखने को बेवकूफी समझता है और बेवजह भावुकता का पर्याय।

अभी कुछ रोज पहले कथाकार से. रा. यात्री जी से अनायास चर्चा चलने पर पता लगा कि 'पराग प्रकाशन' को बहुत पहले श्रीकृष्ण ने दरियागंज के किसी प्रकाशक को बेच दिया था। उन्हें दिमाग में कीड़े की कोई जटिल बीमारी हो गई थी। आर्थिक दिक्कतों के चलते उन्हें अपना प्रकाशन ही नहीं, घर भी बेचना पड़ा। यात्री जी के पास उनके सन्दर्भ में फिलहाल कोई अन्य सूचना उपलब्ध

नहीं है कि वे बता पाएँ कि प्रकाशक श्रीकृष्ण किस हाल में और कहाँ रह रहे हैं।

उन दिनों परिश्रमी और प्रकाशकीय गुणवत्ता के साथ-साथ प्रकाशकीय ईमानदारी की चर्चा उन मँझोले कद के प्रकाशकों की होती थी, उनके बीच श्रीकृष्ण का नाम काफी सम्मान से लिया जाता था। प्रत्यक्ष उनसे कभी मेरी कोई मुलाकात नहीं हुई लेकिन उनसे अपरिचित भी नहीं थी मैं। आबिद भाई (सुरती) के गुजराती में प्रकाशित उनके कई लोकप्रिय उपन्यासों को मैंने उनके आग्रह और अपनी जरूरत के चलते हिन्दी में अनूदित किया था। हालाँकि उनको वह गुलशनन्दाई अर्जित नहीं हुई थी जबकि उन्हीं दिनों गुजराती से मैंने बहुत कुछ ऐसी रचनाओं का अनुवाद-कार्य पूरा किया था और लगातार कर भी रही थी जिसने मुझे गहरी पुन:सर्जना सन्तुष्टि से पूरा था। वर्षा अड़लजा, सरोज पाठक, ईलाअरब मेहता, कुन्दनिका कापड़िया, पन्ना लाल पटेल, यशोदा पलाड़ (कच्छी) आदि उनमें से कुछ ऐसे ही प्रमुख नाम हैं। मुझे तब बहुत अचरज हुआ था जब मराठी के तेजस्वी अनुवादक, साहित्य अकादेमी अनुवाद सम्मान से सम्मानित चन्द्रकान्त मोंजाल, जो मेरी भी कहानियों के मराठी अनुवादक हैं, ने चिट्ठी लिखकर मुझे बताया था कि बहुत वर्ष पहले उन्होंने मेरे द्वारा कच्छी से हिन्दी में अनूदित यशोदा पलाड़ की कहानी "प्रतीक्षा" (यही नाम याद आ रहा है मुझे) का हिन्दी से, मराठी में अनुवाद कार्य किया था।

श्रीकृष्ण की तब एक अन्य खासियत ने भी उनकी ओर ध्यानाकृष्ट किया था। अनुवाद की पांडुलिपि पहुँचते ही वे पारिश्रमिक का चेक लौटती डाक से भिजवा दिया करते थे। एक रोज अनुवाद के एक ऐसे ही चेक के साथ संलग्न उनका आग्रहपूर्ण पत्र मिला कि वे मुझे अपने प्रकाशन परिवार से जोड़ने के इच्छुक हैं। उनका विनम्र निवेदन है कि अपनी कोई नई पांडुलिपि प्रकाशन हेतु मैं उन्हें अवश्य दूँ। उनकी स्पष्टवादिता ने मन को उत्साहित किया। 'लाक्षागृह' की पांडुलिपि मैंने अविलम्ब श्रीकृष्ण को भेज दी। प्रकाशन में लगभग वर्ष-भर का समय लग गया लेकिन जब पुस्तक छपकर आई तो हाथ में लेते ही 'लाक्षागृह' के कलात्मक आवरण ने मन मोह लिया। चित्रकार कौन है? देखा तो चित्रकार के नाम की जगह किसी अवधेश कुमार का नाम लिखा हुआ

पाया। नाम कुछ परिचित-सा प्रतीत हुआ। खयाल आया कि यह कहीं वही चित्रकार अवधेश कुमार तो नहीं हैं जो 'सारिका' के लिए चित्रांकन का कार्य यदा-कदा किया करते हैं? 'लाक्षागृह' के हल्की हल्दी के रंगवाले आवरण की पृष्ठभूमि में, काले रंग की ऊपर उठती लपटों सदृश्य अर्ध और पूर्ण परिधियों के गहरे स्ट्रोक्स से निर्मित हुई रहस्यमयता, संग्रह में संग्रहित रचनाओं की सतह के भीतर अन्त:संसार के मनोविज्ञान के संवेद को, बूझने-खोलने की कुंजी अपनी आले में सँजोए हुए महसूस हुई। आँखें जितनी बार आवरण पर टिकतीं, स्ट्रोक्स भेदने के लिए आमंत्रित करते चुनौती देने लगते, होड़ की बिसात बिछाए हुए, शब्दों और रंगों को प्रतिस्पर्धी-सा सामने ला खड़ा कर।

चित्रकार की सामर्थ्य ने मोहा ही नहीं बल्कि अपना मुरीद बना लिया। तय किया कि 'पराग प्रकाशन' के पते पर अवधेश कुमार को पत्र लिखूँगी। उन्हें बधाई देते हुए। लेकिन इस पत्र का हश्र भी स्थगित हो गया अन्य बहुत से जरूरी कामों की भाँति ठंडे बस्ते की बलि चढ़ गया। लेकिन तभी विस्मय में डालता हुआ एक साँझ घर लौटने पर डाक की भीड़ में अवधेश कुमार का पत्र मिला। कुल जमा छह-सात पंक्तियों का।

'मामला आगे बढ़ेगा अभी' और 'त्रिशंकु' की लेखिका निस्सन्देह बड़ी कहानीकार है किन्तु उस लेखिका से बड़ी है वह स्त्री है, जिसने मुम्बई जैसे महानगर से सुरेश उनियाल जैसे मेरे दोस्त को घर की ही नहीं, अम्मा की भी कमी महसूस नहीं होने दी। मुद्गल जी ने बताया कि आपको 'लाक्षागृह' का आवरण बहुत पसन्द आया। धन्यवाद। उस चित्र को मैंने आपकी कहानियों को बिना पढ़े हुए ही बनाया है। दरअसल मैंने अब तक आपकी दो ही कहानियाँ भर पढ़ी हैं—'रविवार' में प्रकाशित 'त्रिशंकु' और 'सारिका' में प्रकाशित 'मामला आगे बढ़ेगा अभी'। मुद्गल जी ने यह भी बताया कि आप मेरे बारे में जानने को उत्सुक हैं। क्या बताऊँ, उलझन में हूँ। धुँधला गए रंगों-सा श्रीहीन जीवन! गल रहे कैनवास-सी भसकती जिन्दगी। इसे जिन्दगी कहा जा सकता है तो मान लीजिए जिन्दगी। यह भी मान लें कि मैं भी जिन्दगी जी रहा हूँ या जिन्दगी मुझमें भी थोड़ा-बहुत जीवन सूँघ रही है। यही सच है कि बताने लायक कुछ विशेष नहीं है। कविताएँ कम लिखता हूँ, पेंट भी कम करता हूँ, बोलता भी कम हूँ, शराब

ज्यादा पीता हूँ। गनीमत है, सुरेश जैसे अनेक मित्र मुझसे कन्नी नहीं काटते, डाँटते भर रहते हैं।...

'शादीशुदा कुछ अनुशासित मित्र मुझे घर में देखना-मिलना पसन्द नहीं करते। पियक्कड़ घर में शोभा नहीं देता।...'

अवधेश कुमार से मुलाकात हुई दिल्ली आने पर।

'टाइम्स ऑफ इंडिया' से लौटकर एक रोज अवध ने कहा, मृणाल जी (पांडे) कई दफे आग्रह कर चुकी हैं कि किसी दिन चित्रा को 'टाइम्स' लंच पर लेकर आइए न! ये वो समय था 1983 का, जब कुछ अरसे 'सारिका' के सम्पादन कार्य का भार सँभालने के उपरान्त 1982 में ही अवध को 'सारिका' के सम्पादन का दायित्व सौंप, नन्दन जी को 'दिनमान' के सम्पादन की जिम्मेवारी सौंप दी गई थी। मृणाल पांडे 'वामा' की सम्पादक होकर आई थीं। सर्वेश्वर जी को (सर्वेश्वरदयाल सक्सेना) 'दिनमान' से हटाकर 'पराग' का सम्पादक बना दिया गया था। उन्हीं दिनों 'पराग' के बाल पाठकों के लिए उनका सुप्रसिद्ध गीत 'इब्नेबतूता पहन के जूता' प्रकाशित हुआ था जिसके मुखड़े का इस्तेमाल गुलजार साहब ने इधर हाल में ही रिलीज हुई फिल्म 'इश्किया' में करके, सर्वेश्वरदयाल सक्सेना की कविता का मुखड़ा चुराने का आरोप झेला है और मीडिया में उठे विवाद पर चुप्पी साधे हुए हैं।...

अवध ने यह भी कहा कि तुम्हें चलना तो पड़ेगा। तुम्हारे जेठ श्री सर्वेश्वर जी भी खफा हैं और लगातार डाँट रहे हैं कि हमारी सुन्दर-सी लेखिका बहू को तुमने दिल्ली लाकर नजरबन्द क्यों कर दिया है भाई?

'सारिका' के कार्यालय पहुँचते ही, रमेश, (बत्तरा) सुरेश, (उनियाल) बलराम, 'महेश', वीरेन्द्र, बिमला जी आदि से मिलकर उपजी प्रसन्नता की उमगन को संयमित करने की चेष्टा कर ही रही थी कि तभी अवध के एक कटाक्ष पगे जुमले ने सभी को हँसी में डुबो दिया, "तुम्हारी अनुपस्थिति में तुम्हारे हितों की संरक्षक तुम्हारे देवरों की इस हनुमान बिग्रेड में से ये जो बकौल तुम्हारे शान्त, सौम्य सुरेश हैं न, मजाल कि इसकी गिद्ध दृष्टि से बचकर मैं मिठाई के टुकड़े को हाथ लगा लूँ?"

चाय-पान के उस दौर में तभी मँझोले कद के एक सौम्य पहाड़ी युवक के कैबिन में प्रवेश करते ही अवध एकदम से उसकी ओर मुखातिब हुए, "आओ, अवधेश आओ', जब से आई हैं चित्रा, तुमसे मिलने की रट लगाए हुए हैं।"

...और मैं मंगोलियन नयन-नक्शवाले उस निस्पृह-से चेहरे के भूगोल में चौथे सप्तक (अजय जी द्वारा सम्पादित, 'तारसप्तक' में से) के महत्त्वपूर्ण युवा कवि अवधेश कुमार को खोज रही थी।...

सामान्य-सा प्रश्न मैंने अवधेश की ओर उछाला था। घिराव में सामान्य से ऊपर उठा भी तो नहीं जा सकता। जिज्ञासाएँ कुनमुनाती भर रह जाती हैं भीतर। 'क्या बना रहे हैं आजकल।'...

गर्दन से उठकर उस चेहरे ने मेरी ओर देखा भर था। इतनी गूँगी आँखें? हल्के सूजे पपोटों में कंचे-सी गहरे धँसी हुई। रमेश ने अवधेश की आँखों के गूँगेपन को बोल दिए थे—'किताबों के कवर बना रहा है यह आजकल भाभी।'...

चुटकी पर कोई हँसा नहीं, अब भी सोचती हूँ मैं। शायद रमेश ने चुटकी भी ली नहीं थी। वह चुटकी ले भी नहीं सकता था। विद्रूप अँखुआ आया था, कोई हँस कैसे सकता था!

व्यस्तता भूल-भुलाए का मेला है। और शायद जिन्दगी उस मेले में डोलती स्वयं को खोती-पाती, ढूँढ़ती, ढूँढ़ लेने पर भी उसे पहचानने में अवश उसे कोई नाम देती हुई एक ऐसी भँवर का हिस्सा बन जाती है जिसका हश्र सिर्फ डूबना ही होता है...

बीच के वर्षों में एकाध परिचितों से अवधेश कुमार के बारे में जानने की कोशिश भी की किन्तु अधिकांश से यही जवाब मिला— 'उससे मिले हुए बहुत अरसा हो गया।'...

'कुछ अता-पता नहीं।' कुछ अन्यों ने कहा।

कितना कोई किसी को खोज सकता है? कोई स्वयं ही बरामद न होना चाहे तब तो और।

'लाक्षागृह' के पुनःप्रकाशन के सन्दर्भ में चित्रकार अवधेश कुमार को याद करना मेरे लिए अस्वाभाविक नहीं था। न इस इच्छा का जागना और प्रबल होना कि कहीं से यदि उनकी खोज-खबर मिल जाए तो उनसे मेरा आग्रह होगा कि वही दुबारा 'लाक्षागृह' मुखपृष्ठ तैयार करें। डायरी में सुरेश उनियाल का पुराना नम्बर उपलब्ध हुआ मगर उस नम्बर पर सुरेश अनुपलब्ध। नया नम्बर जाने क्यों नोट नहीं किया। इसकी वजह शायद यह थी कि छठे-छमासे सुरेश स्वयं फोन कर लिया करता है।

सुरेश का टेलीफोन नम्बर पाने के लिए बलराम को 'लोकायत' में फोन किया तो जाने क्यों मन में आया कि बलराम भी तो उन दिनों 'सारिका' के सम्पादकीय विभाग में कार्यरत था, अवधेश कुमार से सम्भव है आगे भी वह सम्पर्क में रहा हो; लेकिन बलराम के जवाब ने खामोशी में ढकेल दिया।

बाद में सुरेश से चर्चा होने पर उसी जवाब की नम आवृत्ति ने यही समझाया, कुछ कहानियाँ अपना अन्त पहले लिख देती हैं। अवधेश की कहानी भी कुछ ऐसी ही थी।

उसे गए हुए बहुत दिन हो गए, देहरादून में ही उसकी मृत्यु हो गई थी। प्लूरि-सी हो गई थी उसे। असल में, शराब उसे असमय ले डूबी। 'जिप्सी लड़की' उसका चर्चित कविता संकलन था जिसे 'पराग प्रकाशन' ने ही प्रकाशित किया था। वह उन्हीं दिनों काम करता था जिन दिनों उसकी जेब खाली हुआ करती थी। शराब की बोतल पकड़ाकर बहुत से लोग उससे मनचाहा काम करवा लिया करते थे। रंगों के रसायन की गहरी समझ थी उसे और एक बड़े चित्रकार की अपरिमित सम्भावना...

उदासी गहरा आई थी। उदासी के आँसू नहीं होते। उसे आँसुओं में बहकर छँट जाना पसन्द नहीं। उदासी उसे लम्बे समय तक जीती है जिसे लेकर वह उदास होती है।...

'लाक्षागृह' के समर्पण का पृष्ठ तैयार करते समय जहन में सिर्फ और सिर्फ अम्मा थीं तब। 'लाक्षागृह' कहानी की सर्वथा अपरिचित, जवानी लाँघने को विवश अपरूपा नायिका सुन्नी के संग घटी विडम्बना के सियाह पृष्ठों की छलना से अम्मा ने ही परिचित करवाया था एक रोज। यह कहते हुए कि वही निहाद है

नौकरी याफ्ता ब्रिटियन की। 'आधी छोड़ सारी को धावैं, आधी मिलै न सारी पावैं।' अपना मुखड़ा काहे छोड़ रखा था आईने में देखने से करमजली ने!...

अम्मा का नाम लिखते ही एक और झुर्रियों पटा ममत्व से चूता चेहरा अपना नाम दर्ज करवाने आगे बढ़ आया था। पीठ से दोहरी हुई-सी सास पार्वती देवी का। जब-जब ससुराल जाती तो सबकी नजरें बचाकर दूजी अम्मा काँसे के बड़े से गिलास में दुधहड़ी से दूध भरकर मेरी अँधेरी कोठरी की साँकल हल्के से छू देतीं। 'लै बहू, दुधू पीलै। सूतरी-सी देह में ताकत आएगी।'

समर्पण में दूजी अम्मा का नाम भी जुड़ गया। जुड़ गया तो अब उनकी गलबहियाँ टूटेगी नहीं। भले अब दोनों ही इस दुनिया में मौजूद नहीं हैं। वैसे ही रहेंगी जैसे पहली किताब में थीं।

विडम्बना के विद्रूप जीवन में घटते ही रहते हैं और जीवन भी उन्हें झेलने-सहने का आदी हो नए मोर्चों पर फिर से सन्नद्ध हो कमर कस लेता है।

....रात में टहलते हुए अकसर मेरी आँखें आसमान की ओर उठ जाती हैं। सितारों की भीड़ में वो लोग कहाँ हैं जो हमारे बीच में नहीं हैं...

किन्हीं भी तीन सितारों को मैं उनके नाम दे देती हूँ अकसर। सितारे बदलते रहते हैं हर बार मगर कभी आपत्ति नहीं करते! सितारे कब्र में कैद जो नहीं होते। उनके साथ शिलापट्ट थोड़े ही लगे हुए हैं नामों के जो वे आपत्ति करें! मैं सितारों को बताना चाहती हूँ कि मेरी इस पुस्तक में वे उसी रूप में मौजूद हैं जिस रूप में उनकी मौजूदगी में यह पुस्तक पहले आई थी!...

चित्रा मुद्गल

अनुक्रम

मामला आगे बढ़ेगा अभी

गेट से लगी गुमटी के भीतर जंग खाई कुरसी से डंडा किए, खाकी वरदी में मीठी ऊँघ-ऊँघ रहे चौकीदार तावड़े को गाली-गलौज-भरे शोर ने सहसा हड़बड़ा दिया। कानों पर विश्वास करने के लिए उसने अपने ऊँघते शरीर को सप्रयास समेटा, फिर न खुलने के लिए जिद्दिया रही पलकों को पटपटाया और शोर को समझने की कोशिश की। वास्तव में शोर हो रहा है, कोई सपना नहीं देखा उसने। ऊँघ अभी भी उसकी रानों और जूतों में कैद पंजों में दुबकी हुई, उसकी अलसाई देह से मुक्त होने को राजी नहीं थी।

शोर कुछ और स्पष्ट हुआ। गालियों के कुछ कतरे हवा का रुख गुमटी की ओर होने के साथ ही इधर उछल आए, साथ ताल देती-सी तीखी 'ताड़'... 'ताड़'—किसी पतरे को पीटने जैसी आवाज...

दिमाग सन्न-से चौंका। पतरे पर हो रही चोट ने एक पल को संभ्रम पैदा किया। खालिस ईंट-गारे की इमारतों के बीच पतरा आया कहाँ से? कुर्सी पीछे खींचकर वह फुरती से खड़ा हो गया। स्वत: से बुदबुदाया, "कहीं से पन आया हो! जो हो रहा पक्का, अपनाच कॉलोनी में...बाप रे!" उसने भुजाएँ मरोड़कर सुस्ती की आखिरी किस्त झटकी और गुमटी से बाहर निकल आया। सहसा खयाल आया कि जरा वक्त पता कर ले। बाईं कलाई पर बँधी धुँधली डायलवाली घड़ी उसने गौर से देखी। डेढ़ बजने को था। इतनी रात गए यह शोर?

ठमककर उसने शोर की दिशा में टोह ली। शोर उसे तीन नम्बरवाली इमारत के बेसमेंट से आता हुआ महसूस हुआ। गेट से तीन नम्बरवाली इमारत का फासला बमुश्किल तीन-चार मिनट पैदल का होगा। वह हुड़ककर सरपट भागा। नीचेवाले घरों में शोर पहुँच चुका था। कुछ फ्लैटों में जमघट हो चुकी थी। कई सोई बालकनियों की रोशनियाँ उसके दौड़ते-न-दौड़ते जग उठीं। कुछ प्रश्न अकुलाकर उसकी ओर कूदे।

"गुरखाऽऽ...क्या हुआ?"

"कौन गाली बक रहा?"

"कोई क्या तोड़ता? हम सोने को नईं सकता?"

उसने रुककर किसी को कोई जवाब नहीं दिया। पर जैसे ही वह तीसरे नम्बरवाली इमारत के बेसमेंट में दाखिल हुआ, सामने का दृश्य देख उसकी आँखें फट गईं।

सामने मोट्या था। मोट्या के हाथ में एक लम्बी लपलपाती सरिया थी। उसी सरिये से वह सक्सेना सा'ब की झक्क सफेद 'टोएटा' पर निर्ममता से प्रहार किए जा रहा था। साथ जुगलबन्दी करती भद्दी, अश्लील गालियों की बौछार।

पहले से ही सहमे-से खड़े चार-पाँच लोगों की उपस्थिति से लापरवाह मोट्या की नजर जैसे ही उस पर पड़ी, उसने पलटकर सरिया उसकी ओर तान ली, "आगे नहीं बढ़ना होऽऽ...नईं तो खोपड़ी तुकड़े-तुकड़े करके छोड़ूँगा...बोत अच्छा घर में नौकरी लगाया। अब्बी, जाके वो बड़ा आदमी को बोल!...बोल उसको, अबी निच्चू उतर के आने कू! कुतरे का औलाद नईं मैं गर मादर...को खल्लास नईं किया...धक्का देके निकाला न मेरे कू दरवाजे से? काय कू? पूरा पगार माँगा न इसी वास्ते? काट! बोलना, अबी अच्छा तरीके से खाड़ा काट। देखता मैं...बरोबर देखता...भोत धाँधल सेन किया। अब्बी सिद्धा होएगा वो सेठिया..."

मोट्या कुछ डग पीछे हटकर फिरकी-सा घूमा और अपनी पूरी ताकत निचोड़ सरिया कार की 'विंडस्क्रीन' पर दे मारी।

'छन्नाक्!' का शोर उठा। किरचें बिखरीं नहीं, मसहरी की शक्ल में टँगी रह गईं। गाड़ियों के सहारे टिके हुए लोग मोट्या का यह विध्वंसक रूप देख भयभीत हो उन्हीं गाड़ियों की आड़ में दुबक गए।

तावड़े अपनी जगह पर से बिना हरकत किए चीखा, "मोट्या...!" उसके दाँत तनाव से भिंच गए। भिंचे दाँतों के सुराखों से गुजरती सिसियाती आवाज में उसने मोट्या को चेतावनी दी, "फेंक दे सरिया, बेअकल...मैं बोलता फेंक दे, नईं तो सक्सेना सा'ब तेरी बोटी-बोटी अपने जड़िया कुत्तों को खिला देगा।"

"चुप्प बे चम्मच!" मोट्या ने होठों पर बजबजा आए थूक को 'पिच्' से बगलवाली फिएट पर थूका, फिर गरदन को झटका देकर आँखों तक छितरा आई लटों को पीछे फेंकने की कोशिश की, "धौंस नहीं खाने का मैं, बोत चमकाया इस साली की बाडी को...अब्बी देख हाल! अक्खा कॉलोनी उठ गया, वो सोता क्या उप्पर? नईंऽऽ...सोता नईं, डर के ऊपरच बइठा। आने तो दे निच्चू, खोपड़ी नईं तोड़ा उसका तोऽऽ...वो जाड़िया मेम सा'ब पन आएगी, मैं उसको भी नईं सोड़ेगा, नईं सोड़ेगा सा'ब के सामने कइसी भीगी बिल्ली सरखी बइठी होती? बोलने की नईं सकती, ताप (बुखार) में होता मैं?"

मोट्या गाड़ी का पोर-पोर पीटे डाल रहा था। जैसे ही वह उसे धर-दबोचने के लिए पैंतरा बदलता, पता नहीं कैसे मोट्या को आभास हो जाता और वह पलटकर उसके सामने सरिया तान लेता। निरुपाय वह सिर से लेकर पाँव तक सिवाय काँपने के कुछ नहीं कर पा रहा था।

कितने नौकर काम करते हैं इस सोसाइटी में। रोज निकाले जाते, रोज रखे जाते। अकसर यहाँ काम करनेवाले लोगों से ही नए नौकर ढूँढ़कर ला देने के लिए कहा जाता। उससे भी कहा गया। न जाने कितनी बाइयों और छोकरों को उसने किसी-न-किसी के घर काम पर रखवाया। ऐसा दु:साहसी विद्रोही स्वरूप कभी किसी का नहीं देखा। ज्यादतियों का रोना सभी रोते मगर मुँह पर उँगली दिए, एक सीढ़ी छोड़ दूसरी पकड़ लेते। समझते, जल में रहकर मगरमच्छ से

वैर सम्भव नहीं। प्रेत-पिशाच लग गया इस हरामखोर को या मगज फिर गया? सा'ब लोगों का गुस्सा नहीं पता अभी इसको। गाड़ी की दुर्दशा देखकर सक्सेना सा'ब पगलाया साँड़ हो उठेगा...नक्कीच।

वह मोट्या की दुर्दशा की कल्पना कर सूखे पत्ते-सा काँप उठा। कैसे रोके नादान को? हाथ धरने दे तब न।

मोट्या के बूढ़े नाना का मिचमिची आँखोंवाला, झुर्रियों-पटा, ताम्बई करुण चेहरा तावड़े की आँखों के सामने कौंध गया।

पेरी क्रॉस रोड के फुटपाथ पर खिले गुलमोहर के छाँवदार पेड़ के नीचे एक जर्जर छतरी को भारी पत्थर के सहारे अटकाए, टाट के मटमैले टुकड़े पर चमड़े की कतरनों का ढेर पसारे, जंग लगे डिब्बे में कील-काँटे सरियाए, वह बूढ़ा मोची राहगीरों की चप्पलें-जूते गाँठा करता। उस दिन उसकी बरस-भर पुरानी कोल्हापुरी चप्पल का अँगूठा बीच रास्ते में उखड़ गया और मोची की तलाश में इधर-उधर भटकती उसकी नजर अचानक मोट्या के नाना पर पड़ी। वह पाँव घिसटता सड़क पार कर उसी के पास चप्पल बनवाने पहुँच गया। बूढ़े ने छूटते ही पूछा, "सिलाई मारूँ कि किल्ला ठोंकूँ?"

"सिलाई मारना।" उसने मजबूती के खयाल से उसे हिदायत दी। बूढ़े ने डोरा खोजते हुए पूछा, "आप सा'ब मिलिट्री में काम करते हैं?"

"वाचमैन हूँ।" उसने गर्व से अपनी खाकी वरदी को आत्ममुग्ध नजर से छुआ और बगैर बूढ़े के जिज्ञासा किए अपने बारे में उसे बताने को उत्सुक हो आया कि वह पचीस-पचीस माले की गगनचुम्बी इमारतोंवाली कॉलोनी में वाचमैन है। खूब मोटे सेठों की रिहायश है। शत्रुघ्न सिन्हा और मौसमी चटर्जी भी वहीं रहती हैं। मौसमी मेरे को भौत मान देती। उसके घर बहादुर को मैंने काम को रखाया।

तावड़े की ऊँची पहुँच सुनकर बूढ़ा उसकी बातों से प्रभावित हुआ। इसका

अन्दाजा तावड़े को इस बात से हुआ कि बूढ़े ने अँगूठे की मजबूत सिलाई के उपरान्त चप्पल की अन्य तनियों को भी पूरी ताकत से खींच-खींचकर उनकी मजबूती परखी और बगैर उसकी इजाजत लिए उन तनियों पर भी एकाध टाँके लगा दिए जो अपेक्षाकृत कुछ कमजोर लगीं और किसी भी समय धोखा दे सकती थीं।

"कितना कमा लेते दिन-भर में?" उसने अँगूठा गँठवाया है, पैसे भी वह अँगूठे के ही देगा। सोचते हुए, परोक्ष में उसने स्वर में सामर्थ्य-भर सहानुभूति उड़ेलकर बूढ़े से पूछा।

"कमाई किदर सा'ब?" हताश स्वर में अपनी मिचमिची आँखें उसकी ओर कष्ट से उठाकर बूढ़े ने प्रतिप्रश्न किया, "बोत मुश्किल से दोने-ढाई रुपया किल्ला-काँटा का खर्चा निकाल करके बचता। एरियाच ऐइसा, पैसेवाले सा'ब लोग चप्पल-जूते मरम्मत नईं करवाते, टूटे कि ताबड़तोड़ नया खरीदते। ताकत होती तभी मैं फेरी लगाता होता। जूना-पुराना चप्पल-जूता खरीदकर उसका मरम्मत-बिरम्मत करके स्टेशन रोड का फुटपाथ पर बेच लेता होता। ऐसा बनाता होता...ग्राहक को एकदम नया सरखा दिखता। कमाई तभी होती, अब्बी तो खाने का पन नईं पुरता।"

बूढ़े ने निःश्वास भर अपने पैबन्द उघाड़े और चप्पल उसके पाँव की ओर बढ़ा दी। आगे बोला, "जास्ती चलने-फिरने को नईं सकता न। इसी के वास्ते इदरीच बैठता।"

तनिक सहानुभूति दिखाने पर बूढ़े ने यह भी बताया कि गुजारा होता नहीं, करना पड़ता है। घर पर एक नाती है। पन्द्रह का हो रहा, काम-धाम कुछ करता नहीं। बेटी थी उसकी माँ। नईं रही। नाती जनमते ही दामाद ने उसे छोड़कर दूसरी शादी बना ली। जवान बेटी कब तक सिर पर बैठाए रखता! बिरादरी के एक दोहाजू लड़के के संग उसे बैठा दिया। दोहाजू नौवरा (दूल्हा) बच्चा रखने को राजी नहीं हुआ, सो नाती को उसे अपने ही पास रखना पड़ा, नाम है मोट्या। बड़ी कोशिश से उसे 'मुनसीपालिटी' की शाला में छठी 'किलास' तक पढ़ाया।

आगे वह पढ़ने को राजी नहीं। शाला से भाग आता। एकाध घर में भांडी-कटका के काम पर रखवाया, मगर हर बार काम छोड़-छाड़कर बैठ जाता। अड़ा हुआ है कि औरतोंवाले काम वह नहीं करेगा। मोचीगिरी उसे पसन्द नहीं। जूते गाँठना उसे दुनिया का सबसे घटिया काम लगता है। बूढ़े ने बड़े जतन किए कि वह डब्बा-बाटली खरीदने और बेचने के धन्धे में ही लग जाए पर वह भी एकाध रोज भटक-भुटककर छोड़ बैठा—यह कहकर कि डब्बा-बाटली का धन्धा बहुत मन्दा चल रहा और मुनाफा एकदम नईं। ऊपर से लोग स्वयं ही महीनों का भंगार (कबाड़) इकट्ठा कर, उसे गाड़ी में भरकर, सीधा दुकान पर ले जाकर बेच देते हैं।

"उधर मुनाफा जास्ती मिलता! दस पैसा भी काय कू छोड़ें? पेट्रोल मँगता तो फुँकने दो न।"

"समझ नहीं पड़ता कि छोकरे के नसीब में क्या है?" बूढ़े ने उसके हाथ से, जो दे दिया सो लेते हुए भर्राए गले से अपनी बेबसी जाहिर की और उसके पाँव में चप्पल फँसाते-न-फँसाते एकाएक चिरौरी-भरे स्वर में हाथ जोड़ गलगलाया, "बोत मेहरबानी होगी, सा'ब, छोकरे को किदर भी काम को लगाओ!"

बूढ़े की प्रार्थना के साथ ही अचानक उसे सक्सेना सा'ब का आग्रह याद हो आया जिसे वे गेट से निकलते हुए, उसका सैल्यूट स्वीकारते, पिछले पाँच-छ: दिनों से लगभग रोज ही दोहरा रहे थे कि उन्हें एक गाड़ी धोनेवाले लड़के की सख्त जरूरत है जो टाइम का पाबन्द हो। यानी उनके निकलने से पूर्व ही उन्हें उनकी दोनों गाड़ियाँ धुली-धुलाई लकदक मिलें। जिसमें से सफेद 'टोएटा' उनकी है और उसी का इस्तेमाल वे अपने आने-जाने के लिए करते हैं। 'प्रीमियर पद्मिनी' उन्होंने अपनी मेम सा'ब के उपयोग के लिए रख छोड़ी है। उसमें सफर करना उनकी शान के खिलाफ है। 'टोएटा' कभी गैरज में हो तो मजबूरी होती है।

गाड़ी धोनेवालों की वैसे कॉलोनी में कोई कमी नहीं पर सुबह सभी

को एक ही साथ, एक ही समय अपनी गाड़ियाँ धुली-धुलाई चाहिए। यह काम अधिकतर वहीं काम करनेवाले रामा करते। एक साथ कई-कई घरों की गाड़ियाँ धोने का काम पकड़ लेने के चलते अकसर गाड़ियाँ समय से नहीं धुल-पुँछ पातीं। पिछले रामा को सक्सेना सा'ब ने असन्तुष्ट हो, काम पर से निकाला इसी वजह से। उनके निकलने का समय हो जाता और रामा बाल्टी और पोंछा लिए गाड़ी पर फटका फेर रहा होता। बगैर धुली गाड़ी में जिस दिन भी वे फैक्टरी पहुँचे, कोई-न-कोई लफड़ा वहाँ मौजूद पाया।

उसने सोचा, परिवार के चप्पल-जूते आए दिन घिसते-फटते रहते हैं। बूढ़ा लिहाजदार है। उसने बूढ़े से कह दिया कि कल ठीक नौ बजे सुबह वह मोट्या के साथ इसी जगह उसकी प्रतीक्षा करता हुआ मिले।

बूढ़े मोची ने कुल जमा चार दाँतों से गदगद होते हुए उसे बहुत सारे आशीष-वचनों से लाद दिया।

चोर बाजार से उन्हीं के स्तर की टी शर्ट खरीदकर पहने, दीनता-हीनता से कोसों दूर मोट्या से मिलकर सक्सेना सा'ब काफी प्रसन्न हुए।

तावड़े और मोट्या, दोनों को ही उन्होंने आश्वस्त किया कि सामान्यत: कार धोने के लिए जितनी पगार कॉलोनी में औरों को मिलती है, उससे वे पचास रुपये ऊपर देंगे; मगर इस शर्त पर कि मोट्या औरों का काम चोरी-छिपे नहीं पकड़ेगा। नहीं पकड़ेगा तो उसकी गुजर कैसे होगी? मात्र दो गाड़ियाँ धोकर किसी का पेट भरा है? दूसरों का काम करने देने में उन्हें आपत्ति है तो शेष समय में वे उसे किसी और काम में लगा दें।

"ठीक है, कुछ रोज वह घर के ऊपरी कामों में मदद कर दे। उसके सौ रुपये वे अलग से दे देंगे। साथ ही उन्होंने यह प्रलोभन भी पेशगी टिका दिया कि मोट्या अगर उनके यहाँ ईमानदारी से डटकर काम करता रहा और टिका

रहा तो वे उसे साल-डेढ़ साल बाद निश्चय ही अपनी फैक्टरी में लगवा देंगे। तब उसे ढाई सौ रुपये महीने पगार मिला करेगी। मगर ध्यान रहे, अपशकुन के अलावा प्रतिष्ठा का प्रश्न है। अन्यों की दुहाजू गाड़ियाँ उनकी 'टोएटा' के मुकाबले जगमगाती-इतराती गेट से तैरती न निकलने पाएँ। क्रीम-पॉलिश की कमी नहीं। जी भरकर इस्तेमाल करे।"

मोट्या भी मर्दोंवाला काम पाकर खुश हुआ।

बूढ़ा उसके एहसान की दुहाई देता न थकता। जब कभी तावड़े की घिसी चप्पल या खस्ताहाल जूतों का तलुवा उखड़ता, लाख ऊपरी आग्रह के बावजूद बूढ़ा उससे बनवाई न लेने की हठ न छोड़ता।

"तुम मेरा छोकरा सरखा...बोत-बोत उपकार किया अपने ऊपर, मोट्या काम से बोत खुश है।" वह स्पष्ट लक्ष्य करता कि कृतज्ञ बूढ़े की चीकट धोती का एक छोर अनायास उसकी मिचमिची आँखें सोखने लगता। अभिभूत तावड़े का चेहरा कड़क चाय-सा रंग पकड़ लेता।

उस रोज...उसकी दिनवाली ड्यूटी थी। कोई बारह-साढ़े बारह का समय रहा होगा। सहसा उसकी नजर तेजी से गेट से बाहर होते मोट्या पर पड़ी। उसने गुमटी के भीतर से ही उसे गुहार लगाई, "कहाँ लपका जा रहा है, हाँ! दिखता नहीं आजकल तू?"

मोट्या ठिठककर पलटा और उसके करीब आकर खड़ा हो गया, "इदरीच, थोड़ा काम है।"

"बूढ़ा नाना कइसा है? आजकल मैं न्यू-टाकीज के पीछे से निकलकर डियूटी को आता..."

"मस्त।"

"और तू?"

"मैं पन मस्त!" मोट्या संक्षिप्त उत्तर दे चलने को तत्पर हुआ। उसने स्पष्ट लक्ष्य किया कि वह कहीं जाने की हड़बड़ी में उससे गप के मूड में नहीं। वह उससे बतियाने को उत्सुक था—उसके सा'ब और उनकी मेम सा'ब के दरम्यान

चल रहे मनमुटावों के विषय में भेद लेने की खातिर। इधर कॉलोनी में उड़ा हुआ था कि सक्सेना सा'ब किसी शायरा के चक्कर में हैं और दूसरी शादी करने के लिए मेम सा'ब से अलग होना चाहते हैं मगर मेम सा'ब उन्हें तलाक देने को राजी नहीं।

"चलता मैं...जरा घाई (जल्दी) में है।" मोट्या ने बेसब्री दरशाई।

"ठैर ना, काय की घाई?" उसने मोट्या के कन्धे से लटका एयरबैग खींचकर उसे रोका, "इतना बड़ा बैग ले के?"

"मेम सा'ब ने 'माडर्न वाइन शॉप' से ताबड़तोड़ एक क्रेट चिल्ड बियर लाने कू बोला। वोईच इसमें भरके लाएगा। आज किट्टी पार्टी है, बोत मेम सा'ब लोग घर में आया। मेरे को देरी होएँगा न तो बोत वान्दा होएँगा।" मोट्या लगभग अपने को छुड़ाता हुआ तीर-सा गेट से बाहर हो गया।

वह अनायास अपने चेहरे पर फैलती अर्थपूर्ण मुस्कराहट को बड़ी देर तक खुदी हुई महसूस करता रहा।

दो-ढाई घंटे के उपरान्त, पार्टी के तामझाम से निवृत्त होकर मोट्या उससे मिलने आया तो उसकी आन्तरिक प्रसन्नता पके गूलरों-सी दरकी हुई अनुभव हुई।

खोदने पर उसने बताया कि दोपहर में वह पूरे समय मेम सा'ब की सेवा में होता है। सिगरेट खत्म हो गई है तो ला देना, बियर के क्रेट लाना और फटाफट बोतलों को ठिकाने लगाना। 'नीलम' से सींक-कबाब या 'फिश रोल्स' ले आना, लिंकिंग रोड जाकर 'ब्यूटी आर्ट' में मेम सा'ब के कपड़े धोने के लिए डाल आना आदि। मेम सा'ब दोपहर का खाना ही उसे नहीं खिलातीं, खासी टिप भी थमाती रहती हैं। पूरे पैसे वह ईमानदारी से नाना के हाथ में रख देता है। जरूरत ही नहीं होती उसे। हाँ, मेम सा'ब ने एक हिदायत जरूर दे रखी है कि यह सब उनका व्यक्तिगत मामला है। किसी को उनकी दिनचर्या की कानोकान खबर नहीं लगनी चाहिए।

"फिर अपने को क्या, अपने को फकत अपने काम से मतलब।" मोट्या

ने सयानेपन में डूबकर टिप्पणी की। हालाँकि उसे वह घर का सारा कच्चा-चिट्ठा ब्यौरेवार बता गया। मगर वह शायद इसलिए निःसंकोच हुआ कि उसकी नौकरी लगी ही उसके प्रयत्नों से थी और वह किन्हीं भी परिस्थितियों में उसका अहित नहीं चाहेगा। मेम सा'ब की घरेलू अशान्ति से मोट्या विचलित नजर आया, मोट्या की बातों से यह भी जाहिर हुआ कि उसके मन में मेम सा'ब के प्रति सम्मान ही नहीं, ममत्व-भाव भी पैदा हो गया है और विरोध में सा'ब के प्रति उतनी ही तीव्र प्रतिशोधी कड़वाहट।

उसने पहुँचे हुए अनुभवी की तरह गुरु-मंत्र पिलाया—"ठीक कहता है तू, तेरे को क्या? हाँ...फकत काम से मतलब, पगार से मतलब। किसी के लफड़े में नईं पड़ने का। हाँ! अऊर ये बिल्डिंग में रहनेवाले मियाँ-बीवी अलगीच होते। इनका कोई पन काम एक-दूसरे की मालुमात में नईं होता। फकत इतनाच कि ये मियाँ-बीवी हैं, अऊर एकच घर में रहते।" उसने मोट्या के निश्छल किशोर मन के अभावों और उसकी ममत्व की प्यास को मेम सा'ब की ओर उन्मुख न होने देने के उद्‌देश्य से चेतावनी दी, "नौकर घर-घर नाता जोड़े तो पिच्छू वो नौकरी छूटने पर जिन्दा नईं बचने का!"

मोट्या उसकी सीख को बेअसर भाव से मुँह बाए, खामोशी से सुनता रहा।

मुश्किल से आठ-दस दिन हुए होंगे कि गेट पर उसके सैल्यूट की उपेक्षा करते हुए सक्सेना सा'ब ने सख्त आवाज में उससे पूछा, "मोट्या कहाँ है?"

वह कार की खिड़की से तनिक बाहर को झाँकती उनकी अकड़ी गरदन के करीब आकर खड़ा हो गया विनीत-सा, "काम पर नहीं आया क्या, सा'ब?"

"दो रोज से बास्टर्ड ने शक्ल नहीं दिखाई, लगता है, हरामजादे को मेम सा'ब से जरा ज्यादा ही टिप मिलने लगी है, तभी याद नहीं रख पा रहा कि मैं बगैर धुली गाड़ी के बाहर नहीं निकलता।"

वह उनके खौलते क्रोध से सकपका-सा उठा। समझ में नहीं आया कि क्या कहे।

"छोकरा सिद्धा है, सा'ब! जरूर बीमार-वीमार पड़ा होएँगा। पता करता मैं...'

"पता करो!" उनका स्वर चट्टान पर हथौड़े-सा टनका। गाड़ी उसकी औकात रौंदती सर्र से गेट से बाहर हो गई।

वह मन-ही-मन ताव खाकर रह गया। अजीब हैं ये सा'ब लोग! एक तो इन्हें नौकर खोजकर दो, ऊपर से उसका अता-पता भी रखो। कुछ हो गया तो सारा दोष उसी पर।

मोट्या के काम पर न आने की वजह उसे सरासर बूढ़े की अस्वस्थता लगी। वह आशंकित हो उठा। जरूर बूढ़ा मरने-मराने को होगा। बूढ़ी हड्डियाँ आखिर कब तक घिसटतीं? नहीं तो मोट्या खाड़ा करनेवालों में से नहीं। कम-से-कम वह मेम सा'ब को तो आकर बोल के जाता। कोई खबर नहीं, इसका मतलब है कि...और अगर सचमुच बूढ़े को कहीं कुछ हो गया तो मोट्या इस संसार में एकदम अनाथ हो जाएगा...

मोट्या के अचानक अनाथ हो जाने की भयावह कल्पना से तावड़े अन्यमनस्क हो उठा।

मुश्किल से उसका घर खोज पाया।

जिस बात की आशंका थी उसके विपरीत, मोट्या को खटिया से लगा, बुखार में तपता पाया। बूढ़ा धन्धा छोड़कर उसके सिरहाने बैठा मिला। उसके माथे पर ठंडी पट्टियाँ चढ़ाता। उसे देखकर निर्जीव-से हो रहे मोट्या और चिन्तित नाना के चेहरे पर दिप्प से रौनक फूटी।

"मेम सा'ब बोत हैरान होंगी न! नाना से मैं बोला कि तुमको खबर देने से मेम सा'ब को पता पड़ जाएगा कि मैं ताप से हूँ। पड़ेगा तो वो नक्कीच मेंरे कू देखने कू आएगी...लई प्रेमालू हय वो...पन नाना...मेरे को छोड़ के हटताच नईं।"

वह सकते में आ गया मेम सा'ब के प्रति मोट्या की माया और विश्वास देख।

बड़ी देर तक उसके निकट बैठा वह उसकी बीमारी और दवा-दारू के बारे में बाबा से बतियाता रहा। उसे ढाढ़स बँधाया—'फ्लू' कमजोर कर देता है। जबरदस्ती कुछ करने की कोशिश न करे। जल्द ठीक हो काम पर पहुँचे। हिम्मत ही नहीं पड़ी कि सक्सेना सा'ब के चढ़े तेवरों के विषय में बता दे और यह भी कि जिस मेम सा'ब की याद में वह अधमरा हुआ जा रहा वे एक बार नहीं बल्कि कई-कई बार उसके सामने से सर्र से गुजर गईं। किसी ने पूछा तो वे हैं सक्सेना सा'ब, वह भी अपनी गरज से चलते। क्योंकि वे बगैर धुली गाड़ी के घर से बाहर पाँव नहीं देते।

गाड़ी के न धुल पाने की नाराजगी के साथ-साथ उसे सक्सेना सा'ब के मोट्या पर अधिक भड़के होने की एक वजह लगी, जो उनके कटाक्षपूर्ण लहजे से साफ जाहिर हुई कि मोट्या के द्वारा मेम सा'ब की विशेष खिदमत उन्हें सख्त नागवार गुजर रही है।

मोट्या की उम्र में कई छोकरे अनुभवों के आँवें में पक-तप के लाग-लपेट में न आते। मगर दस घरों का काम छोड़-पकड़कर ही यह दुनियादारी उनमें रच-बस पाती। मोट्या का बमुश्किल यह दूसरा घर है। वह नहीं जानता कि इमारतों में रहनेवालों का घर कभी उसका अपना घर नहीं हो सकता। मोट्या की मेम सा'ब के प्रति प्रगाढ़ता पहले भी उसे अखरी थी और उसने उसे सतर्क किया था, किन्तु मोट्या के कोमल मन के मुगालते को दोबारा तोड़ना जरूरी लगा। सुबह सक्सेना सा'ब से हुई भेंट का विवरण उसने अनिच्छा के बावजूद मोट्या को ज्यों-का-त्यों कह सुनाया।

सुनकर मोट्या का चेहरा बुझ गया, "सा'ब तो ऐइसा हैइच पन...मेम सा'ब...!"

ललाई आँख फेरकर, वह टकटकी लगाए बड़ी देर तक छत के पतरे को ताकता रहा। मेम सा'ब उसे अपनी छोटी-सी जिन्दगी में देखी गई उन तमाम औरतों से भिन्न लगीं जो मोहल्ले के रिश्ते से उसे अपनत्व दे दुलराती रहीं...

आँखों से छत का पतरा एकदम ओझल हो गया। इतनी लबलबा आईं जैसे फूल खुँपटने को अपनी ओर लचाई हुई टहनी अचानक डाल समेत चरमराकर पेड़ से अलग हो गई हो।

मेम सा'ब की बातें मथने लगीं—'मुझे तो बस कहने-भर को घर मिला है। यह सारी मौज-मस्ती तो वक्त-कटी है, सा'ब कहने को पति हैं और मैं कहलाने को बीवी। अकसर जो देरी से घर आते हैं न, उसी छिनार के फ्लैट में रहते हैं। नया फ्लैट, नई गाड़ी खरीद के दी है उसे। वही हरे रंगवाली गाड़ी।'

"किसी रोज ड्राइवर का आँख बचाकर मैं इंजिन में किलो-भर शक्कर डालके छोड़ेगा, गाड़ी की छुट्टी!"

उसकी बातें सुनकर मेम सा'ब खिलखिलाकर हँस पड़ी थीं, 'तू इतना खयाल रखता है मेरा, तुझे तो मैं गोद ले लूँगी।'

वह उनके अपनेपन से खिल आया था। अकसर छूट लेने लगा था उन्हें 'मम्मी जी' कहकर पुकारने की! आपत्ति नहीं की उन्होंने। कोई औलाद भी तो नहीं थी उनके!

चलते समय उदास मन से मोट्या बोला कि वह सा'ब और मेम सा'ब को उसके बिस्तर से लगे होने की खबर कर दे और खबर न कर पाने की मजबूरी भी स्पष्ट कर दे। ठीक होते ही वह काम पर पहुँच जाएगा।

उसने सा'ब और मेम सा'ब दोनों को ही अलग-अलग खबर कर दी। सा'ब ने अविश्वास से 'हुँह' भर किया। मेम सा'ब उसके बुखार की बात सुनकर सचमुच चिन्तित हो उठीं—"उससे कहना कि जब तक वह एकदम ठीक न हो जाए, काम पर न आए।" फिर आहिस्ता से आत्मीय स्वर में बोलीं, "दवा-दारू की खातिर रुपयों-पैसों की जरूरत हो मोट्या को तो ले जाना मुझसे।"

दे देने और माँग लेने के लिए कहने में बड़ा फर्क है नीयत का। उसे मेम सा'ब की कुछ क्षण पहले की सहानुभूति घड़ियाली आँसू प्रतीत हुई। पर मोट्या है कि मेम सा'ब पर अँकुआई अपनी आस्था को लेशमात्र इधर-से-उधर नहीं खिसकाना चाहता।

सातवें रोज मोट्या पूर्ववत् अपने काम पर पहुँचा तो वापसी में उससे मिलता हुआ गया।

उसने मिलते हुए जाने के लिए कहा ही था; क्योंकि पिछले दिनों उसने दूसरे वाचमैन से सुना कि सक्सेना सा'ब को गाड़ी धोने के लिए एक नया छोकरा चाहिए। उसे चिन्ता हुई, कहीं ऐसा न हो कि मोट्या काम पर लौटे और सक्सेना सा'ब उसे काम से बरखास्त कर दें। किन्तु ऐसा कुछ भी नहीं हुआ। बस, सक्सेना सा'ब ने उसे चेतावनी-भर दी कि आइन्दा अगर वह बीमार पड़े तो पहले से ही काम पर न आ पाने की खबर करवा दे ताकि वे अनावश्यक प्रतीक्षा न करें।

मोट्या की दिनचर्या ने हमेशा की तरह अपना ढर्रा पकड़ लिया। लेकिन पहली की रात को महीने का हिसाब लेकर वह घोर असन्तुष्ट हो उसकी खोली पर पहुँचा।

ठगे जाने की निस्सहायता, अवमानना के आघात से छलनी हो अनायास उसकी अब तक कमजोर पीली आँखों में पिघलने लगी, "मेरा सात दिवस का खाड़ा (नागा) काट लिया...फरेब करके थोड़ा मैं घर पर मस्ती मारता होता! खाड़ा के वास्ते मैं सा'ब से लड़ाई किया तो वो मेरे को झापड़ चढ़ा के दफा हो जाने कू बोला...धक्का मारके घर से बाहर कर दिया मेरे को। सब समझता मैं, काय का वास्ते काम पर से हकाला, सा'ब ने...

"उसका मरजी होता, मैं उसका रखैल का घर में चौबीस घंटे के वास्ते काम कू जाऊँ। मैंने साफ ना पाड़ी होती...बोला होता, फकत गाड़ी धोएगा... ऊपर का काम करेगा...खाना-बीना नईं पकाएगा।

"जब झापड़ मारा...मेम सा'ब पासमेच खड़ी होती...धक्का देके बाहर किया, जबी पासमेच खड़ी होती...सा'ब का हाथ नईं पकड़ने को सकती थी? नईं बोलने को सकती थी कि मैं ताप में होता? कितना काम मैं फोकट मेंच करता होता!"

"छोड़ न, जो हुआ सो हुआ। ये सा'ब लोगों से झगड़ा-बिगड़ा करके फायदा नईं।"

"मैं देखेगा...दूसरा छोकरा कइसा गाड़ी धोएगा..छूने को नईं सकता कोई गाड़ी को।" एकाएक निरीहता झटक उसने चुनौती से भरकर कहा।

बड़े अपनेपन से तसल्ली देते हुए तावड़े ने समझाया, "एक काम छोड़ो हजार मिलता, काय को मगज खराब करता अपना? मैं एकाध दिन में तेरे को नए काम पर लगाएगा। ईमानदार नौकर का बोत डिमांड हय... छोड़! ये सा'ब लोग से उलझ के फायदा नईं, फिर मेम सा'ब का क्या? हय तो वो उनका बीवीच, कइसा बोलेगी सा'ब के खिलाफ? हाँ! उनकाच पैसा पर मस्ती मारती न! इतनाच तकलीफ है तो सा'ब को छोड़कर काय को नईं चली जाती?"

वह सब समझ रहा था। सा'ब के क्रूर व्यवहार से मोट्या को जितना क्षोभ है, उससे कहीं ज्यादा गहरी ठेस लगी है मेम सा'ब की अप्रत्याशित लगातार चुप्पी से। चुप्पी का अर्थ है, वे भी गलत का साथ दे रही हैं!

मेम सा'ब के सन्दिग्ध व्यवहार की उसके द्वारा की गई आलोचना पर मोट्या पहली बार खामोशी साधे रहा। कुछ देर बाद उठा, कमीज की बाँह से आँखें पोंछीं, "चलता मैं।"

उसने तो नहीं, पर उसकी बीवी ने जरूर मोट्या से कुछ देर और बैठने का आग्रह किया और लगभग जिद्द-सी की कि काफी रात हो रही है, वह खाना खाकर जाए। पर मोट्या था कि बिलकुल नहीं रुका। खोई-खोई-सी मनोदशा में लिपटा खोली से बाहर हो गया—"नाना राह देखता होएगा!"

पिछली बातों और घटनाओं का क्रम अचानक हो रहे इस विस्फोट से जुड़ गया। तावड़े चौंका।

उसके आसपास उबलती, खौलती, तमतमाती धमकियों की भीड़ इकट्ठी हो गई, वे धमकियाँ उसे ललकार रही थीं, धमका रही थीं, धिक्कार रही थीं, चुनौती दे रही थीं कि चौकीदार रखने का मकसद? एक मामूली-सा छोकरा ढाई-तीन लाख की गाड़ी का भुरता बनाए दे रहा और वह है रात पाली के बावजूद, आराम से गुमटी में खर्राटे भर रहा? अरे, इन लुटेरों की मिलीभगत है। इतनी

बेरहमी से गाड़ी पीट-पाट डिब्बा बनाकर रख दिया छोकरे ने! अक्खा कॉलोनी को सुनाई दिया, ये हरामखोर कान में तेल डाल के सोता? डिसमिस करने कू माँगता सोसाइटी को...इतना पगार हम लोग गुरखा लोगों को काय के वास्ते देते? लूटने के वास्ते?

उसे आश्चर्य हुआ। मोट्या के हाथों में लपलपाते सरिये ने उपस्थित भीड़ को निष्क्रिय कर रखा था पर उनकी जबानें बरछी-भाले-सी प्रहार-पर-प्रहार किए जा रही थीं। किसी का साहस नहीं हो रहा था कि चार फीट के बित्ते-से छोकरे के हाथ से लपककर सरिया छीन ले। नुकसान ऐन उनकी नाक के तले हो रहा परन्तु जान जोखिम में डालने का काम उन शूरवीरों का नहीं। ठीक ही तो कह रहे—चौकीदार काय के वास्ते रखा?

"साले सब हिजड़े..." मन-ही-मन उसने करारी गाली उछाली उन सबकी ओर और मोट्या को थोड़ा असावधान पाकर चील-सा झपटा उसकी ओर मगर उसकी फुरती अपनी ओर पलटकर तन गए आक्रामक सरिये की वजह से किटकिटाती ठिठक गई। उसका खिसियाया चेहरा मोट्या पर बेअसरदार चेतावनियाँ उगलने लगा। उसके भीतर तमाम दस्तकें हो रहीं। किसको पकड़ना है उसे, मोट्या को? या मोट्या के बहाने अपने को? मोट्या कुशल लठैतों की भाँति थिरक रहा सरिया भाँजता!

अचानक उसने सुना कि सक्सेना सा'ब घर पर नहीं। मेम सा'ब अकेली हैं ऊपर। मेम सा'ब इस उपद्रव की खबर पाकर हतप्रभ हो रहीं। किसी अन्य ने सक्सेना सा'ब को फोन कर इस वारदात की इत्तिला दी। सक्सेना सा'ब ने इधर के लिए निकलने से पहले पुलिस को फोन पर सूचना दे दी है। मेम सा'ब को आश्वस्त करने के लिए कहा है कि उनसे कह दो कि वे घबराएँ नहीं, अविलम्ब घर पहुँच रहे हैं।

मेम सा'ब पुलिस और सक्सेना सा'ब के पार्किंग में पहुँचने से मिनट-भर पहले ही नीचे उतरीं स्लीपिंग गाउन में। बदहवास-सी। सुर्ख आँखें और सूजे हुए पपोटों में।

गाड़ी की दुर्दशा और मोट्या का दुस्साहस देखकर उनकी आँखें फट गईं। ऊपर बैठे हुए सम्भवत: मोट्या की विध्वंसक कारगुजारी का उन्हें अनुमान नहीं हो पाया होगा कि इस हद तक वह गाड़ी को नुकसान पहुँचा सकता है।

उन्होंने पूरी कोशिश के साथ पलकें झपका-खोल सामने पसरे अकल्पनीय दृश्य की वास्तविकता को तौलने-परखने का प्रयत्न किया।

पल-भर में ही वे जैसे सारी स्थिति के प्रति सजग हुईं और सबकी चेतावनी के बावजूद, सरिया ताने खड़े हुए मोट्या की ओर निडर भाव से आगे बढ़ीं। लोगों के साथ-साथ वह भी आशंकित हो काँप उठा। मोट्या का रौद्र रूप आज मेम सा'ब का माथा फोड़े बिना शान्त नहीं होने का। उसने स्पष्ट लक्ष्य किया, मेम सा'ब की उपस्थिति से बेअसर मोट्या ने सरियेवाला हाथ लगभग पूरी ताकत से आक्रामक मुद्रा में तान लिया। उसका पसीने से लथपथ चेहरा थर्राने लगा। पूरी देह पत्ते की तरह काँपने लगी। अनहोनी में कसर नहीं!

दम साधे सारे लोग यह देखकर अचम्भित हो उठे कि मेम सा'ब ने उसके निकट पहुँचकर आहिस्ता से उसके तने हुए हाथ से सरिया ले ली, जैसे कोई सावधानीपूर्वक बच्चे के हाथ से तेज धार चाकू ले लेता है।

मोट्या ने कोई प्रतिवाद नहीं किया। झूली हुई बाँहें और झुकी हुई गरदन से वह पाँवों के नीचे बिछी किरचों को घूरने लगा या अपने ही पाँवों को—अनुमान नहीं हुआ।

"इतनी हिम्मत कहाँ से आई रे तुझमें?" मेम सा'ब भर्राए कंठ से बुदबुदाईं।

मोट्या आँच पीती बर्फ-सा पिघलता हुआ अचानक घुटनों में मुँह देकर हिचकियाँ भरने लगा, "तुमने खाड़ा कटवा दिया न, मेम सा'ब...अपने सामने चाँटा मारने कू दिया न!...मैं...मैं..."

उसे हथियार सौंपते देख भीड़ हिंसक हो उस पर टूट पड़ी।

(1980)

पाली का आदमी

कल से रवि दूसरी पाली में फैक्टरी जा रहा है।

करवट बदलकर उसने ड्रेसिंग टेबुल पर रखी घड़ी पर निगाह डाली। मिनट-भर की कोशिश के बावजूद, रेडियम के चमकते अंकों की जुगनई उजास में सूई के कोण से समय का अनुमान-भर लगा पाया। समय शायद 'एक' से ऊपर हो रहा है, आलस्य छोड़ उसे तुरन्त उठ जाना चाहिए। कहीं कमरे को छत से फर्श तक अपनी गिरफ्त में लिए हुए गोधूलि का-सा धुँधलका उसे गहरी नींद में न दबोच ले और उसे फैक्टरी पहुँचने में विलम्ब हो जाए।

पाली! अब जैसे रवि की आदत बन गई है। पाली के साथ ही उसका दिन शुरू होता है और खत्म होने पर रात। यही वजह है, सोने और जगने के लिए उसे जद्दोजहद नहीं करनी पड़ती। भरी दोपहरी में भी खिड़की-दरवाजे बन्द करके, पारदर्शी काँच से दाखिल होती हुई चमकीली दोपहरी को वह मोटे कत्थई परदों की आड़ में इस तरह ढाँप देता है जैसे उसके कमरे में सिर्फ उसकी रात है और पंखे के सरसराते हुए डैनों पर किसी बियावान जंगल के उन्मुक्त खुनकी-भरे थपकियाते झोंके जो उसे सांसारिक चर्या से अपने नितान्त कटे होने की अनुभूति से कुंठित नहीं होने देते। कभी यह द्वन्द्व अवश्य उसे पराजित करने की चेष्टा करता कि वह जिस ढर्रे का जीवन जी रहा है, अप्राकृतिक है। मगर उस अप्राकृतिकता से मुक्त होने का मार्ग भी कोई नहीं। मशीनीकरण ने मनुष्य को अपनी प्रकृति दी है। महानगरीय परिवेश

समूचा-का-समूचा ही उसके ग्रास में है। वे सब कब उसके हिस्से होते चले गए, पता ही नहीं चला।

कितनी अजीब बात है, रवि फैक्टरी में रसायनों की प्रतिक्रिया पर दृष्टि गड़ाए हुए सोचता—बिस्तर पर नीरू अकेली होगी...और वह बिस्तर पर होगा तब नीरू दफ्तर में होगी।

कमरे के उढ़काए दरवाजे पर हुई हल्की-सी थपथपाहट उसे कुएँ में गिरे बर्तनों को निकालने के लिए उतारे गए काँटे-सी अपने में फाँस, बाहर खींच लाई। शायद प्रभु है। सोनू नहीं हो सकती। सोनू होती तो उढ़काए दरवाजे को भड़ाक से खोलकर, उसके सोने-जागने की परवाह किए बिना भीतर घुस आती। फिर चाहे वह जितनी गहरी नींद में हो, पापा को उसकी बात सुननी ही पड़ती। खुद चाहे वह जितनी उद्दंड हो, दूसरों के प्रति उसके आराम को लेकर अतिरिक्त सावधान रहती। एकाध बार उसकी चेतावनी-सी देती आवाज दरवाजे के बाहर से सुनाई पड़ती—"शोर मत करो, पापा सो रहे हैं।"

"आ जाओ।" रवि ने उठने की चेष्टा करते हुए भीतर से आवाज दी और बायाँ हाथ आगे बढ़ाकर खिड़की का परदा 'खर्र' से एक ओर सरका दिया।

"सा'ब, कॉफी।" प्रभु के हाथों में ट्रे है।

"रख दो। सोनू आ गई स्कूल से?"

"हाँ, आ गई, सा'ब, खेल रही है।"

"शेव के लिए थोड़ा गरम पानी दे जाना...खाना खिला दिया उसे?"

"जी, मान नहीं रही, आपके संग खाने की जिद्द कर रही है।" कहता हुआ प्रभु कमरे से बाहर चला गया।

वह कॉफी खत्म कर, बालों में उँगलियाँ फेरता हुआ गुसलखाने की ओर बढ़ गया। सोनू को अभी आवाज देना ठीक नहीं। गोदी में चढ़कर, अपनी नन्हीं हथेली से उसकी ठुड्डी को बार-बार अपनी ओर उन्मुख कर वह जो बोलना शुरू करेगी तो चुप करना अन्याय लगेगा। एक दिन उसने नाश्ते की मेज पर नीरू से चुहल की—"कॉफी बनाना भूल तो नहीं गईं?"

"कलेवा के समय तुम कॉफी पीने लगे हो, याद कैसे रखूँ?"

नीरू के स्वर में साझे सुखों के पलों से वंचित रह जाने की पीड़ा मुखर हुई।

'अब की यह ब्लेड काफी चल गया'—नया ब्लेड रेजर पर चढ़ाते हुए रवि ने सोचा। दाढ़ी अब वह नियमपूर्वक नहीं बनाता। बीच में एक-दो दिन नागा कर देता है। पहले कभी वह नीरू के गाल से अगर अपने गाल रगड़ देता, तो वह चिहुँक उठती, "ई...आज दाढ़ी नहीं बनाई आपने?" और दाढ़ी बनाने में अनियमित रवि तब से दिन में दो बार दाढ़ी बनाने लगा था।

ठुड्डी उठाकर गले के आसपास साबुन का झाग फैलाते हुए रवि एकाएक हँस पड़ा। फिर अपने हँसने पर भयभीत हो उसने कंठ पर रेजर फेरते हाथ को रोक लिया। हँसना और दाढ़ी बनाना एक साथ सम्भव नहीं। तब और भी जब किसी-न-किसी असावधानी के चलते कहीं-न-कहीं ब्लेड लगा बैठता है। अकसर नीरू उसे एंटी-टिटनेस इंजेक्शन लगवा लेने की जिद्द करती है।

सहसा कॉलबेल बज उठी। रवि का हाथ क्षण-भर को रुक गया। नीरू आ गई? शनिवार है। आज उसका आधा दिन रहता है। उसकी नजर कलाई-घड़ी पर गई—सिर्फ डेढ़? असम्भव! अभी कैसे आ सकती है? ढाई से पहले वह कभी नहीं आ पाती।

रेजर हाथ में पकड़े वह क्षण-भर टोह लेता रहा, फिर मूँछों के आसपास के बालों को साफ करने लगा—'सोनू की सहेलियाँ भी तो हो सकती हैं।' खयाल आया।

उसके कमरे से लगा हुआ ही सोनू का छोटा-सा कमरा है जिसमें सोनू का छोटा-सा बिस्तर है। तरह-तरह के खिलौने, पढ़ने के लिए छोटी-सी मेज-कुर्सी जिस पर उसकी किताबें-कॉपियाँ रखी रहती हैं। एक नन्हीं-सी रैक है जिसमें उसकी घर-गृहस्थी का सामान सजा हुआ है—पीतल के छोटे-छोटे बर्तन, बेबी टी-सेट, गुड़िया आदि। सोनू का कमरा सोसाइटी-भर के बच्चों का

आकर्षण-केन्द्र है। सोचता है तो रवि को मन-ही-मन हँसी आ जाती है कि नीरू को नौकरी का शौक है और सोनू को गृहस्थी का!

"सा'ब, डाकिया आपकी रजिस्ट्री और यह खत लाया है।"

प्रभु उसके सामने आकर खड़ा हो गया है। रसीद पर हस्ताक्षर करके उसने प्रभु की ओर बढ़ा दी। फिर कौतुक से भरा लिफाफा उलट-पुलटकर देखा। भेजनेवाले के नाम पर नजर पड़ते ही वह एकबारगी चौंक उठा—'लल्ली!'

"लल्ली?" वह स्वत: से बुदबुदाया।

उसके जहन में एक अबोध चेहरा गड्डमड्ड हो, स्मृति की धूल झाड़ता अपने आकार-प्रकार के लिए संघर्ष करने लगा। एक अस्पष्ट भूला-बिसरा चेहरा। वह नन्हा-सा चेहरा जो बरसों पहले अनायास उसके माथे पर चिपका दिया गया था और...उसने उस अनिच्छित चेहरे को अपने माथे से छुटाकर फेंक देने की कोशिश की थी। लेकिन उसने पीछा नहीं छोड़ा और उड़कर माथे की जगह उसकी पीठ पर आ चिपका। तब से वह उसकी पीठ पर चिपका हुआ है। उसने कई बार उसे छुटाने की कोशिश की, रगड़-रगड़कर धोना और मिटाना चाहा, किन्तु न तो वह छूटा और न मिटा ही। हाँ, उसके अक्स इतने धुँधले अवश्य पड़ गए कि उसे कोई पहचान नहीं सकता...फिर भी वह नीरू से उसे अपने पीछे छिपाए रखता है।

रजिस्ट्री खोली जाए या नहीं, इस ऊहापोह में उसे पता ही नहीं चला कि कब लिफाफा फटा और पत्र खुलकर उसके हाथ में आ गया। दृष्टि अक्षरों में उलझ गई—

'...'

'आपको कई पत्र लिखे। कुछ फाड़ दिए, कुछ डाल दिए। किन्तु आपने किसी का भी कोई जवाब नहीं दिया। सच बताइए, कोई अपनी बेटी से ऐसा व्यवहार करता है? जब से मैंने होश सँभाला है, आपको नहीं देखा। कितनी

इच्छा होती है कि एक बार, सिर्फ एक बार आपको देखूँ। आप मेरे पास आएँ। आप मुझे प्यार नहीं कर सकते तो क्या आशीर्वाद देने भी नहीं आ सकते? बुआ जी के पास मैंने आपका एक फोटो देखा था और माँ से सवाल किया था। माँ के आँसू टपकने लगे जवाब में—'मैं अहल्या हूँ, लल्ली'! शापग्रस्त अहल्या!'

वह कुर्सी की पीठ से गरदन टिकाए, आँखें बन्द कर सोचने लगा। उसने पहली बार लल्ली को कब देखा था?

दीदी के पास एम.ए. में दाखिला लेने वह कानपुर चला आया था। पढ़ाई के दौरान एक रोज उसे बड़े भैया ने खबर दी कि वह एक बच्ची का पिता बन गया है। पिता बन गया है वह! उसे यकीन ही नहीं आया कि बच्ची उसी की है। इस घटना ने उसे बुरी तरह क्षुब्ध कर दिया। वह पिता बन गया है? एकाध बार वह घर गया भी। किन्तु उसने कभी बच्ची को देखने की कोशिश नहीं की, न ही देखने की इच्छा ने जोर मारा। एकाध बार अम्मा ने बच्ची को जबरन उसके सामने कर दिया कि 'देखो तो भइयन, कैसे टुकुर-टुकुर ताक रही है लल्ली।' मगर उसने तिरस्कार से भरकर अपनी ओर बढ़े हुए हाथों को झटक दिया और तेज कदमों से आँगन पार कर, घर से बाहर हो गया। देहरी लाँघते ही अम्मा का तीखा ठेना कुल्हाड़ी के चैले चीरते वार-सा उसके कन्धों को फाड़ गया—"कैसा निर्मोही बाप है तू? छिन-भर दुलार भी नहीं सकता अपनी औलाद को? मया-हया करेजे में नहीं सत्यानाशी के।"

क्या चाहती है अम्मा?

क्या चाहती है अम्मा? बुचुकी-सी छिदी नाक में बुलाक झुलाती, तीसरा दरजा फेल, बेशऊर, गोबर पाथती स्त्री उसकी पत्नी हो सकती है? देह-सम्बन्धों के प्रति किशोरीय कौतूहल के चलते अनायास हो गए समागम से पैदा बच्ची उसकी औलाद? आसमान छूने को ललकते, पींगे भरते उसके मन में अपनी स्त्री के लिए एक अदद सपना है। कक्षा में सर्पीली चोटियाँ हिलाता-इतराता दुपट्टा मफलरीय अन्दाज से ओढ़े, आत्म-विश्वास से ताँगे में चढ़ता-उतरता सपना! एक सोच बना है नगर पहुँचकर अपने भविष्य के विषय में। भविष्य की सीढ़ियाँ

फलाँगने के विषय में। कभी सोचा अम्मा ने, कच्चे गलियारों, मेड़ों, ताल-तलैया, खेत-खलिहानों से कट गई, पीछे छूटी अप्रासंगिक जिन्दगी की कोई उपयोगी भूमिका शेष है उसके लिए? दरजी स्पर्शित थान से कोरे चिरे कपड़े के टुकड़े की भाँति उसकी काया अपना चोला बदल चुकी है। साझेदारी का कोई गुणा-भाग सम्भव नहीं उनमें। नगर की सीमेंटेड छाती पर जड़ें जमाने में कितना जी-तोड़ संघर्ष करना पड़ा उसे! और अब...

पिछले पन्द्रह वर्षों से वह घर नहीं गया। अम्मा के बुलावों पर भी नहीं। इस बीच लल्ली के कई पत्र आए। अम्मा ने ही लिखवाए होंगे, जिनसे उसे उसके बड़े होते जाने का अनुमान तथा एहसास होता रहा; किन्तु उसने स्वयं फूँक डाले पृष्ठों की राख से हाथ मैले नहीं करने चाहे। आज? हाथ में यह रजिस्टर्ड पत्र, न जाने क्यों अनमना कर रहा है।

प्यार! आशीर्वाद!

कनटोप चढ़ा, कनपटियों तक काजल अँजा, तेल-चुपड़ा आटे की लोई-सा गुलगुला गोल चेहरा...अम्मा की गोद में हाथ-पाँव चलाता, उसकी ओर देखता!

सहसा उसके गले में बाँहें डालती, ठुनकती सोनू ने उसे चौंका दिया, "पापा, प्रभु गन्दा है। हमें आइसक्रीम बनाने के लिए दूध नहीं दे रहा...पापा, आप सुन नहीं रहे?"

उसे महसूस हुआ, जैसे वह चोरी करते हुए धर लिया गया। सोनू की बाँह पर लाड़ से हाथ रखते हुए दूसरा हाथ बढ़ाकर लिफाफा उसने तकिये के नीचे सरका दिया। फिर सहज होने की चेष्टा में सोनू को खींचकर बाँहों में घेर, अतिरिक्त दुलराते हुए उसके माथे से माथा रगड़ मुस्कराया।

"चऽ, आपको याद नहीं?"

"ऊँहूँऽऽ!"

"कल बताया नहीं था कि आज मेरी गुड़िया का ब्याह है?"

"ओह, मैं तो एकदम भूल गया।"

"गन्दे हैं आप!" रुष्ट हो सोनू ने मुँह फुला लिया।

"सॉरी, बेटे!" क्षमा याचना के अन्दाज में उसने कानों को हाथ लगा अपनी गलती स्वीकारी।

"ठीक है...आइसक्रीम के लिए दूध दिलवाइए।"

"मैं अभी प्रभु से कहे देता हूँ। वही जमा देगा—सचमुच की!"

"अभी कह दीजिए। शाम को मेरी गुड़िया की बारात आने तक जरूर जम जानी चाहिए।"

"अच्छा...अच्छा...जा तू पुरखिन!"

उमंग से उछलती हुई सोनू कमरे से दौड़ गई।

रवि ने प्रभु को आवाज दी कि उसके लिए एक कॉफी और बना लाए और तुरन्त आइसक्रीम बनाकर फ्रिज में जमा दे। शाम तक हर हाल में आइसक्रीम जम जानी चाहिए।

कुरसी पर निढाल हो पलकें मूँदते ही उसकी आँखों के समक्ष लल्ली के पत्र की पंक्तियाँ फिर नाचने लगीं—"प्यार! आशीर्वाद!" लल्ली के लिए ये शब्द आसमान हैं जिन्हें उसकी किशोरी बाँहें अंक में समेट, अपने शून्य पाट लेने को आकुल हैं! दूसरा पत्र दीदी का है—'मैं घर गई थी भइयन, अगले माह अक्षय तृतीया को लल्ली का ब्याह तय हो गया है। हो सके तो जरूर चले आना। जगहँसाई न करवाना। तिलक दस दिन पहले जाएगा। पन्द्रह-बीस हजार रुपयों का इन्तजाम करके तुरन्त भेजो। यह तुम्हारा फर्ज है और लल्ली का हक...'

"सा'ब! कॉफी लीजिए...आपने अभी तक दाढ़ी पूरी नहीं की?"

"क्यों, छूट गई कहीं?" उसने खाली हाथ गालों के ऊपर और ठुड्डी के नीचे फिराकर देखा। दाढ़ी बनी नहीं ठीक से। दोबारा बनानी होगी। घड़ी पर निगाह गई—पौने दो हो रहे थे।

ब्रुश पानी में भिगोकर उसने गालों पर दोबारा झाग पैदा किया और रेजर से दाढ़ी बनाने लगा। कैसी बेमानी तारी हो रही उस पर!

अन्तर्जगत् के तुपे गलियारों के कपाट कभी खुलते नहीं। कोई दस्तक

उन्हें खोल दे तो...निर्मम, कैसे अजगर की अन्त-से लीलने को आतुर हो उठते हैं। लल्ली ने क्यों दस्तक दी? यह पत्र उसके शुरुआती अनगढ़ पत्रों से एकदम अलग है—उसकी गैंडे की खाल-सी हो आई चमड़ी को अपने कोमल-करुण स्पर्श से स्पर्शित करता हुआ। वह अपना ध्यान चाहकर भी नहीं हटा पा रहा... प्यार, आशीर्वाद, ब्याह, रुपये, उफ! अचानक वह पीड़ा से तिलमिला उठा। 'ब्लेड' से जख्म हो गया। ठोड़ी से खून टपकने लगा। वह मलने के लिए लोशन ढूँढ़ने लगा।

उसे तैयार होने में काफी समय लग गया! ढाई बज रहे हैं, वह जूते के फीते बाँधता हुआ घबराया। अपने मातहतों और कामगारों के समक्ष विलम्ब से पहुँचना अनुशासन के हित में नहीं। महीने-भर की तालेबन्दी के पश्चात खुली फैक्टरी का कामकाज वैसे भी अब तक पटरी पर नहीं आया। पटरी पर लाने के लिए सुस्ताए मजदूरों को चुस्ती और संलग्नता की सान पर खींच-खींच पहुँचाना उसका काम है। वह उत्पादन प्रबन्धक के पद पर है। उत्पादन की पूरी जिम्मेदारी उसके कन्धों पर है। परसों हुई मंत्रणा में जोली साहब (मालिक) की निरन्तर एक ही रट लगी हुई थी—उत्पादन में बढ़ोत्तरी। वरना वे सब जानते हैं कि प्लांट बन्द करने का इरादा वे बना चुके थे।

नीरू भी अभी तक घर नहीं लौटी। शायद खरीदारी के चक्कर में निकल गई। हो सकता है, सोनू ने गुड़िया की शादी के लिए फरमाइशें की हों! शादी उसे अचानक फिर परेशान करने लगी। उसकी शिराओं में कुछ लपटें जनमने लगीं जो उसके भरसक संयमित, सन्तुलित बने रहने के मानसिक प्रयास को निष्फल करती, भस्म करने को हठबद्ध लगीं। जूतों के भीतर पैरों के तलवे चटखने लगे। चिर-चिर!

"आप मुझे प्यार नहीं कर सकते तो क्या आशीर्वाद देने भी नहीं आ सकते!"

दीदी ने भी लिखा है, 'यह तुम्हारा फर्ज है।'

उफ! फर्ज-फर्ज! ताकीदें-ही-ताकीदें! उसे अन्तर्द्वन्द्व से उबरना है। किसी

ठोस निर्णय पर पहुँचना है। लेकिन निर्णय तो वह बहुत पहले ले चुका है। इतने सालों बाद द्वन्द्व क्यों? लल्ली ने उसे पत्र क्यों लिखा? अब न वह सीढ़ियाँ चढ़ने का आदी रहा, न उतरने का। अपने पैरों की ताकत का इस्तेमाल उसने बन्द कर दिया है। वह लिफ्ट से आता-जाता है। कितनी ऊँचाई पर है उसका घर। उस घर में खड़े होकर वह सबसे ऊपर हो उठता है। यहाँ तक कि सड़कों पर गुजरती हुई भीड़ उसे आदमियों की न होकर, कीड़े-मकोड़ों की लगती है जो अपने गन्तव्य की ओर चल नहीं रही, रेंग रही है।

शायद वह गलत है—हठी।

वह लल्ली को एक पत्र लिखेगा—आशीर्वाद-प्लावित पत्र और उसके नाम एक ड्राफ्ट बनवाकर भेज देगा नीरू से छिपाकर। सोचते ही अचानक उसे महसूस हुआ, जैसे नीरू दरवाजे पर आ खड़ी हुई हो और तकिये के नीचे छिपाए लल्ली के पत्र को एकटक घूर रही हो। घबराकर उसने तकिये के नीचे दबाए लल्ली के पत्र को छुआ। तकिया पारदर्शी नहीं। अपने भ्रम में उसे वितृष्णा हुई। फिर भी सावधानी हेतु उसे दोनों पत्रों को किसी ऐसी जगह लुकाना होगा जो कि नीरू की पहुँच से बाहर हो। रैक में रखी किताबों के पीछे? किताबों से सुरक्षित कोई अन्य स्थान नहीं। पढ़ने का नीरू को दूर-दूर तक शौक नहीं। गाहे-बगाहे पलटने तक का भी नहीं। ठीक! पत्र निकालने के लिए उसने पुन: तकिये के नीचे हाथ सरकाया कि किसी की आहट ने अचानक उसे चौंका दिया। कोई भ्रम नहीं हुआ उसे, नीरू वास्तव में उसके सामने खड़ी थी।

"तुम! तुम इतनी जल्दी लौट आईं?"

"जल्दी?" वह कमरे में दाखिल होती हुई चकित होकर बोली, "मैंने तो सोचा था, तुम निकल गए होगे फैक्टरी!"

"ओह!" उसे अपनी गलती महसूस हुई। तकिये पर पड़ा हाथ उसने फट से उठा लिया।

"इतने परेशान-से क्यों हो?" उसे सकपकाया हुआ देखकर वह गम्भीर हो उठी।

"नहीं, ऐसी तो कोई बात नहीं। तुम बताओ, क्या-क्या खरीदारी कर लाईं?"

"यह मेरी बात का जवाब नहीं!"

"दरअसल, जब से सोकर उठा हूँ, तबीयत कुछ सुस्त है।" उसने बहाना बनाया।

"ज्यादा सोने से हो जाता है, सोचने से भी...फैक्टरी में सब ठीक-ठाक है?"

उसने ड्रेसिंग टेबुल के सामने खड़ी हुई नीरू का चेहरा घुमाकर अपनी ओर कर लिया—"सब ठीक-ठाक! इधर-उधर की मत सोच लिया करो तुम।"

थकी-सी नीरू ने दरवाजे के पीछे खूँटी पर टँगा झग्गा उतारा और स्नानघर में घुस गई। वह कटकर रह गया। इतनी जिज्ञासा के उपरान्त नीरू का एकदम से अपने को निर्लिप्त कर लेना उसे उपेक्षापूर्ण लगा। अचानक जैसे किसी ने टिके हुए सिर के नीचे से अपना कन्धा खिसका लिया। मन:स्थिति निर्वस्त्र हो या लुकाऊ, आत्मीय सहलाहट दोनों ही स्थितियों में अपेक्षित होती है।

शायद नीरू ने उसका चेहरा पढ़ लिया हो कि वह उससे कुछ छिपा रहा है! और जो कुछ वह उससे बाँटना नहीं चाहता, उसे बाँटने के लिए वह दबाव क्यों डाले? एक तरह से नीरू की निर्लिप्तता स्वाभाविक है। उसकी समझदारी भी। इतनी समझदार, साझीदार पत्नी से कुछ गोपनीय रखना ठीक नहीं। जिस आत्महन्ता द्वन्द्व से वह गुजर रहा है, कहीं उसके भीतर नासूर हो गया तो वह जीवन-पर्यन्त अपराध-बोध में छटपटाता रहेगा। शुरुआत में ही उसे नीरू से अपना अतीत छिपाना नहीं चाहिए था। वह बहुत मजबूत लड़की है, झेल लेती। चलो! तब न सही, अब सही। इस समय भी वह कह सकता है और मन के बोझ से मुक्त हो सकता है। लेकिन अगर कहीं नीरू सच्चाई पचा नहीं पाई कि जिस आदमी को वह ग्यारह वर्ष पहले समझ चुकी थी, वह केवल उसका भ्रम था।

परसों 'मेय-बेकर' वाले सुधीर से मुलाकात हुई थी। उसने बताया था—

"यार, एक अजीब हादसा हो गया। हफ्ते-भर पहले मेरे यहाँ फैक्टरी में एक पैकर लड़की ने एक जहरीले रसायन की पूरी-की-पूरी शीशी अन्य लड़कियों की दृष्टि बचाकर गले में उड़ेल ली। अस्पताल पहुँचते-न-पहुँचते वह खत्म हो गई। मौत लड़की की हुई, अत: जितने मुँह उतनी बातें। असलियत अब पता चली। चीफ केमिस्ट नानकर्णी और उसने चुपचाप शादी कर ली थी। लड़की को बाद में पता लगा कि नानकर्णी शादीशुदा है और तीन बच्चों का बाप है। वह असन्तुलित हो उठी।

"लड़की के घर पर नानकर्णी के पत्र मिले हैं..."

नहीं नहीं! वह नीरू को कुछ भी नहीं बताएगा। नीरू और सोनू के बिना वह जिन्दगी की कल्पना नहीं कर सकता। अपनी किसी भी नादानी के चलते वह अनिष्ट के लिए प्रस्तुत नहीं। आखिर लल्ली से उसका रिश्ता ही क्या? एक पीछे छूटी अर्थहीन जिन्दगी! फिजूल भावुक हो रहा वह! वह लल्ली को पत्र भी नहीं लिखेगा। जबरदस्ती थोप दिए गए 'फर्ज' की जिम्मेदारी उसकी नहीं। निश्चय कर वह उठ खड़ा हुआ। तकिये के नीचे से उसने दोनों पत्र निकाले। खिड़की के निकट पहुँचा। कुछ देर खामोशी से खड़ा रहा। कमरे में गुसलखाने के खुले हुए फव्वारे का हल्का-सा शोर तैर रहा है। नीरू नहा रही है! उसने जल्दी से लल्ली का पत्र खोला, अन्तिम बार पत्र पढ़ने की इच्छा नहीं दबा पाया। पत्र खत्म कर चौकन्ने हाथों से उसने चिंदी-चिंदी किया और खिड़की से बाहर फेंक दिया।

"सा'ब! खाना लगाऊँ?"

सहसा प्रभु की आवाज ने उसे चौंकाया। वह अपने-आपमें लौट आया, "भूख नहीं है, फैक्टरी में ही कुछ खा लूँगा...जाओ!" उसे अपनी आवाज झुँझलाहट-भरी लगी। प्रभु के कमरे से बाहर जाते ही उसने सोनू को पुकारा, "सोनू! सोनू!"

अपनी गुड़िया और सहेलियों में उलझी सोनू शायद उसकी गुहार नहीं सुन पाई। उसने फिर से आवाज लगाई, "सोनू!"

उसे लगा, अचानक उसकी आवाज चीख में बदल गई।

"क्या हुआ, पापा!" घबराई हुई सोनू आकर उसकी टाँगों से लिपट गई।

वह बिना कुछ उत्तर दिए उसके घने काले बॉब बालों में उँगलियाँ फिराने लगा। उसे चूमने लगा।

"पापा, ममी ढेर सारी चीजें लाई हैं गुड़िया के ब्याह के लिए।"

"अच्छा!"

"पापा, हम तो भूल ही गए, आज हम आपको फैक्टरी नहीं जाने देंगे। हमारी गुड़िया का ब्याह जो है! कौन कराएगा उसका ब्याह?"

"हम जल्दी आ जाएँगे। तुम्हारी गुड़िया के लिए कोई अच्छा-सा तोहफा लेकर!"

"नहीं, पापा, नहीं। हम कुछ नहीं जानते। हमारी सारी सहेलियाँ आ चुकी हैं।"

"प्लीज बेटे, हमें वैसे ही देरी हो चुकी है।"

"हम कुट्टी कर लेंगे आपसे!"

"नहीं, बेटे, नहीं।" रूठने का अभिनय कर रही सोनू को उसने खींचकर छाती से लगा लिया। फिर उसे गोदी में उठाए हुए खिड़की के निकट आकर उसने नीचे सड़क की ओर देखा। पाया, चन्द कागज के टुकड़े डोर टूटी पतंग की मानिन्द अभी भी हवा में तैर रहे हैं।

घबराकर उसने खिड़की बन्द कर दी। सोनू को गोदी में लिए हुए ही वह टेलीफोन के करीब आया—फैक्टरी में आज अपने न आने की सूचना देने के लिए।

(1977)

त्रिशंकु

स्कूल से छूटा, तब माँ की हिदायत बराबर याद थी।

'सिद्दा घर कू आना बंडू। दोन वाजता मेरे कू पंजाबन सेठानी के साथ मारकेट खरीदी को जाना हय...' पर गली के मोड़ में घुसते ही छोकरों को 'हूऽ तूऽऽ तूऽऽऽ' खेलते पा कबड्डी में शामिल होने का लोभ संवरण नहीं कर पाया।

बस्ता और कमीज एक किनारे फेंक, अपनी झूल आई निकर को तोंदी पर खींचकर वह चीते की-सी फुरती ओढ़ 'तूऽऽ तूऽऽऽ' करता हुआ पारी खेल रहे मोहल्ले के गोल में शामिल हो गया। लम्बी दम साधकर उसने पैंतरे बदल-बदलकर तीन को तो पहले ही झपाटे में मैदान से बाहर कर दिया। दूसरी पारी में दो मुस्तैद छोकरों ने उसकी मामूली-सी असावधानी के चलते उसे कुत्तों की तरह घेरकर धर दबोचा।

अचानक हुए हमले से वह सँभल नहीं पाया। मुँह के बल गिरा तो लम्बी दम साधने के बावजूद सीधा खड़ा नहीं हो पाया। छोकरों ने पकड़कर उठाया तो छिली ठुड्डी की जलन भूलकर वह पाठशाला की खाकी वरदी की इकलौती निकर के फट जाने से घबरा गया। आँखों के सामने माँ का रौद्र रूप साकार हो उठा।

घर कैसे जाएगा इस हालत में? अचानक उसे याद हो आया। सुबह

पाठशाला के लिए घर से निकलते समय माँ ने उसे बार-बार चेतावनी दी थी कि शाला छूटते ही वह सीधा घर आए, मोहल्ले के लोफरों के साथ आवारागर्दी करने न बैठ जाए। उसके लच्छनों से परिचित जो है। जानती है कि शाला नियमित डेढ़ बजे छूटती है और वह दो-ढाई बजे से पहले कभी घर नहीं लौटता। जब कभी उसे किसी काम से बाहर जाना होता है वह उसे सीधा घर आने की चेतावनी देती। चेतावनी वह हरगिज न भूलता। मगर छोकरों को खेलता हुआ देख वह खेल में शामिल होने के लिए विवश हो उठता।

घर खाली न छोड़ने के पीछे कुछ ठोस कारण थे। माँ को सदैव अन्देशा बना रहता कि कहीं उसका बाप घर अकेला पाकर गृहस्थी के बरतन-भाँडे न उठाकर ले जाए। कितने हंडे-बटुवे उसने बेच खाए। माँ के लड़ने पर उन्हें चराने की कोशिश करने लगता कि किसी अड़ोसी-पड़ोसी ने मौका ताड़कर हाथ सफाई दिखा दी होगी, वह तो कुंडी लगाकर फकत संडास तक गया था।

उसकी राह देखती माँ पंजाबन सेठानी के संग अगर नहीं गई होगी तो घर पर तोप-सी भरी बैठी होगी। खैर नहीं उसकी, हाथ-पाँव साबुत बच रहे तो समझो गनीमत! तिस पर फटी निकर! आग में तूप (घी)। माँ के प्रकोप से बचने की कोई तरकीब? तरकीब है। देर में देर! कुछ देर कहीं और सुस्ता ले। घर में हुई तब भी घंटे-आध घंटे में साँझ का भाँड़ी करने निकल लेगी। लौटेगी तो ठीक दीया-बाती के समय। तब तक जूठे बरतनों के साथ मगज की तेजी भी मँज-पुछ गई होगी। पटाने की खातिर वह झोपड़ी की झाड़ू-पोंछा कर लेगा। साफ-सुथरा घर माँ की कमजोरी है। देखते ही खिल जाएगी।

लेकिन तरकीब उसे विशेष अभय नहीं दे पाई। दोनों ही बातें सम्भव थीं। कुछ देर बाद माँ का क्रोध शान्त हो जाए या फिर दुगुने-तिगुने वेग से नथुने फड़काता उसे ताव खाता मिले। ऐसे में उनका सामना करना ही उचित! देह पर कमीज चढ़ाकर वह खोपड़ी से बस्ता लटकाए घर की ओर बढ़ दिया।

माँ नहीं गई थी।

जैसे ही वह घर में दाखिल हुआ, प्रतीक्षा में उबली बैठी माँ तमतमाई हुई-सी उस पर झपटी—"हलकट, मेलया, कुत्तरा, हरामखोर...बोला न तेरे कू सुबू? विसरलास (भूल गया)? पन कईसा...कईसा तेरे को याद नईं हुआ कि मेरे को सेठानी के साथ खरीदी को जाना है...चढ़ी तेरे को चरबी? अब्भी, सेठानी का बूमा-बूम कौन सुनेगा! तू?"

फर्श पर छटपटाता हुआ वह 'हाय-हाय' करता, हाथ-पैरों से तीखे प्रहारों को झेलता माफी माँगने लगा। मगर माँ पर न उसके माफी माँगने का कोई असर हुआ, न विश्वास दिलाने का कि अब की वह उसे छोड़ दे, आइन्दा उससे ऐसी लापरवाही हरगिज नहीं होगी। उलटा माँ के क्रोध ने तपे तेल-पुते तवे पर अचानक पड़ी पानी के छींटे-सी लपट धर ली। मारते-मारते जब वह स्वयं निढाल हो उठी तब कहीं जाकर उसके हाथ-पाँव रुके।

"वो हरामखोर आए, तो चौक्कस रैना...किसी वस्तु को हाथ-बीथ नईं लगाने को देना। जाती मैं। आइकलास (सुना)।" माँ गुर्राती-सी दरवाजा भड़ाक से भेड़कर खोली से बाहर हो गई।

'वो हरामखोर' यानी उसका बाप...

पंड्या गली में घोंडू के दारू के अड्डे पर वह तब तक बैठा घड़ियाल-सा नौसादर की पीता रहता जब तक टुन्न होकर अपनी गली में अगल-बगल की दो-चार झोपड़ियों के दरवाजे अपनी खोली के भ्रम में न खटखटा लेता। फैक्टरी से छूटकर बाप सीधा कभी घर न आता, चाहे उसके काम की पहली पाली हो या दूसरी। अकसर माँ जान ही नहीं पाती कि बाप कौन-सी पाली कर रहा है। समय-असमय आने पर जब कभी वह सशंकित होकर बाप को टोकती तो उलटा बाप उसी पर चढ़ बैठता कि वह 'ओवरटैम' करता है, टैम से कैसे घर पहुँचे?

इतना वह भी समझने लगा था कि जो कामगार 'ओवरटैम' करता है उसे पगार के अलावा अतिरिक्त आमदनी होती है। फिर तो माँ को बाप की ऊपरी

कमाई से खुशी होना चाहिए था; पर समझ में न आता कि 'ओवरटैम' की बात सुनकर माँ क्यों असहज हो उठती है! उन दोनों की झाँय-झाँय में कुछ गोलमाल लगता है। दिमाग पर बहुत जोर डालता पर हाथ कुछ न लगता! किशोर बुद्धि चकरा जाती।

छोटी बहन कमला जब घर पर ही रह रही थी, अकसर आधी रात में उसकी और कमला की नींद माँ की हृदयविदारक चीखों और धमाधम कुटती देह की दहलाती कराहों से उचट जाती। आतंक से सहमे अपनी दरी पर पड़े हुए, घुमड़ती छाती में फूटने को व्याकुल हिचकियों को होठों में भींच, विवश, दोनों मोम-से टपकते रहते! कुछ देर बाद वह पाता कि बेसुध-सी होती कमला उसकी पीठ से दुबकी, उसकी थर्राती रीढ़ में अपना चेहरा गड़ा लेती। पल-पल किसी अनहोनी की दहशत नुचे लहूलुहान पंखों-सी उन पर टूटने लगती। वह सोचना शुरू कर देता; बिना स्वयं से सवाल किए कि यह उम्र उसकी सोचने की नहीं है।

क्षुब्ध माँ जब भी उसे कूटती, अपनी चोटों से न वह उस कदर आतंकित होता, न आहत, न अवमानित! उलटा जल्लादी बाप के प्रति उसके हृदय में प्रतिहिंसित आक्रोश सिर उठाने लगता। यहाँ तक कि वह रात से खौफ खाने लगा। रात से शायद माँ भी खौफ खाती। शायद इसीलिए वह उन्हें जल्दी खिला-पिलाकर सुला देती कि उनकी चैन की रात तभी तक है जब तक घर की कुंडी नहीं खड़कती। कुंडी खड़कने से उसकी नींद नहीं उचटती; नींद उचटती माँ की कलपती चीखों से! इधर कुछ दिनों से उसमें परिवर्तन आया है। माँ की भाँति उसकी भी नींद कच्ची हो गई है। कुंडी के खड़कते ही आँखें 'झप्प' से खुलकर किवाड़ों की ओर घूम जातीं। मगर वह खुली आँखों को किसी तेजाबी आँधी के भय से आशंकित हो करवट भर, भींच लेता और साँस साधे चिर-परिचित अगले दृश्य की प्रतीक्षा करने लगता।

उस रात बाप की दरिन्दगी की पराकाष्ठा ही हो गई।

आवेश में काँपते हुए बाप ने मोरी की दीवार से टिका कपड़ा कूटनेवाला

धोक्का उठा लिया और उसे पूरी ताकत से माँ के माथे पर दे मारा। माँ का माथा फट गया। उसका खून से तर चेहरा और मूर्च्छा से मुँदती आँखें देख भय से काँपती कमला ने बाप की टाँगें जकड़ लीं और दोबारा माँ पर हाथ न उठाने की चिरौरी करने लगी। किन्तु पगलाए साँड-से उन्मादी बाप ने उसे टाँग से एक ओर उछाल दिया और औंधी अचेत माँ की कमर पर एक लात हुमककर खोली से उड़नछू हो गया। तब तक आसपास के लोग जाग चुके थे। भागते बाप को उन्होंने धर पकड़ने की कोशिश भी की पर जाने कहाँ की ताकत उसमें आ समाई थी कि वह छः-सात लोगों के सँभाले न सँभला। छटपटाकर जो छूट भागा तो अब तक लौटकर शक्ल नहीं दिखाई उसने। माँ के माथे पर सात टाँके लगे थे।

आठ साल की कमला को बाप द्वारा टाँग से उछालकर फेंकना, माँ को जवान छोकरी पर हाथ उठाना लगा और यह भी लगा कि अगर उसका दुस्साहस इस सीमा तक बढ़ गया है तो क्या भरोसा, किसी रोज निर्दयी माँ के हिमायती बच्चों का गला ही घोंट दे! द्वन्द्व में फँसी माँ इससे-उससे सलाह करती अन्त में इसी नतीजे पर पहुँची कि कमला को अब वह घर में नहीं रखेगी। इसी दुश्चिन्ता में उसने 'आशियाना' बिल्डिंगवाली जोशी बाई का पुराना प्रस्ताव मान लिया कि कमला, जोशी बाई के पास रहेगी तो चिड़िया की-सी जान छोकरी इस नरक-कुंड से दूर और सुरक्षित रहेगी।

जोशी बाई काफी दिनों से माँ के पीछे पड़ी हुई थीं कि वह कमला को टहल के लिए उनके घर रख दे। भाँडी-कटका के लिए उनके पास अलग से बाई है। उसे फकत ऊपर का काम करना होगा, मसलन—मिंकू का खयाल रखना, उसे प्रैम में नीचे घुमाना-फिराना। साग-सब्जी कटवा लेना। मेहमानों को पानी आदि पूछ लेना। जरूरत की छोटी-मोटी चीजें दौड़कर ला देना।

सुबह ग्यारह से लेकर शाम साढ़े चार बजे तक जोशी बाई की पाठशाला होती है। घर लौटते वे खूब थक जाती हैं। कमला से उन्हें बड़ी मदद हो जाएगी। खाना, कपड़ा, साबुन, तेल—सब उनका। ऊपर से महीने के तीस रुपये नकद।

ज्यादा पगार भी वे दे सकती हैं लेकिन तब जब कमला ढंग से काम-धाम सीख जाएगी और जिम्मेदारी स्वयं उठाने लायक हो जाएगी। अभी तो वह बच्ची है। उलटा उन्हें ही लगातार उसके साथ लगकर उसे सब सिखाना-समझाना होगा। रखेंगी वह उसे अपनी बेटी की तरह। कोई भेदभाव नहीं। जोशी बाई ने यह भी विश्वास दिलाया कि समय निकालकर वह उसे कुछ पढ़ा-लिखा दिया करेंगी और कोशिश करेंगी कि उसे रातवाली किसी पाठशाला में दाखिल करा दें—"मेरे लिए यह मुश्किल थोड़े ही है...झोपड़पट्टी के दूषित वातावरण में रहकर तो लड़की सलीकेदार होने से रही।"

जोशी बाई के इन तर्कों से माँ के उलझे, हताश मन में उत्साह का बीज अँकुआ आया था।

कमला को अपने संग 'आशियाना' बिल्डिंग में ले जाने से पहले जोशी बाई उसके लिए दो नई फ्रॉकें सिलवा लाईं। उन्हीं में से एक पहनाकर उसे अपने साथ ले गईं। उसने सुना, जाते-जाते वे माँ को चेतावनी भी दे गईं कि पैसों की खातिर घड़ी-घड़ी दरवाजा पकड़कर मत खड़ी होना। बीस वे उसके हाथ में देंगी। दस वे कमला के नाम पोस्ट ऑफिस में खाता खुलवाकर, उसके खाते में डलवा दिया करेंगी, जो उसके और कमला के—दोनों के हक में उचित है। किन्तु माँ इसके लिए राजी नहीं हुई। कड़की का रोना रोकर उसने उनसे आग्रह किया कि फिलहाल कमला कि पूरी पगार वे उसके हाथ में ही दें।

साफ-सुथरे कपड़े पहने जोशी बाई के साथ जाती हुई कमला अचानक उसे अजनबी-सी हो उठी लगी, ठीक बिल्डिंग में रहनेवालों की तरह सुन्दर और अजनबी!

कमला की अनुपस्थिति उसे बहुत खली और अब तक खलती है। कमला होती तो हमेशा की तरह आज भी उसे पहले डपटती। बड़ी-बूढ़ी की तरह समझाती-मनाती, "काय को तू माँ की बात नईं सुनता, बंडू? गली के छोकरे पक्के मवाली, उनको घर से मतलब नईं, पन तू क्यों उनका चक्कर में

पड़ता? मार खाने की आदत पड़ गई तेरे को, चल उठ...धो मूँ-हाथ। खाना निकालती मैं तेरे वास्ते।"

दुखते हाथ-पैरों को सिकोड़ता-फैलाता, माँ के ऊपर कुढ़ता वह उठ खड़ा हुआ। भूख से अँतड़ियाँ कल्ला रहीं। पतीले का ढक्कन खोलकर भीतर झाँका। माँ ने खिचड़ी बनाई थी। खिचड़ी में करछुल नहीं लगी। इसका मतलब है माँ भूखी ही चली गई। मन खिन्न हो आया। सचमुच वह माँ को बहुत तंग करता है। दिन-दिन-भर माँ घरों में खटती है। किसके लिए? उसने मन-ही-मन निश्चय किया, आइन्दा वह माँ को परेशान नहीं करेगा। पाठशाला से सीधा घर आएगा। घर के काम में उसका हाथ बँटाएगा। पढ़ाई में मेहनत करेगा।

और सचमुच अगले ही रोज से वह अपने निश्चय के मुताबिक पढ़ाई में मन लगाने लगा। माँ उसे पुस्तकें खोले बैठे देखती तो प्रसन्न हो उठती। कितनी बार बोली है उससे। 'पढ़ के तू हवलदार बनने का। हवलदार की वर्दी तेरे पर बोत अच्छी लगेगी।' सब ठीक-ठाक चलने लगा।

एक दोपहर वह खाना खाकर अपनी थाली उठा ही रहा था कि खोली का दरवाजा अचानक भड़भड़ाया। भड़भड़ाहट की ताल ने क्षण-भर को उसकी देह से खून निचोड़ लिया। उसने भीतर से चढ़ी कमजोर किवाड़ों की कुंडी को अविश्वास से देखा। समझ नहीं पाया कि क्या करे। तभी किवाड़ दोबारा भड़भड़ाए। अब की बार भड़भड़ाहट में बेसब्री थी। तुरन्त न खुलने पर तोड़ देने की उद्दंड बेसब्री! घर पर माँ का न होना खला। उठकर घबराए हुए मन से जूठी थाली उसने मोरी में खिसकाई और कमीज की नाखूनी से हाथ पोंछता कुंडी खोलने लपका। किवाड़ खोलते ही नशे में धुत्त यमदूत-से बाप को खोली में दाखिल होते...नहीं, देसी का भभका छोड़ते हुए लगभग अपने ऊपर गिरते पाया। उसे सीधा करते हुए वह सहम उठा। बाप की अनुपस्थिति में बड़ी शान्ति थी। जब भी उसके बारे में सोचता, यही लगता कि अच्छा हो, बाप फिर कभी घर न लौटे। मगर उसके सोचने से क्या होता है, बाप साक्षात मुसीबत बना उसके सामने मौजूद था।

खड़े न रह पाने की स्थिति में वह डगमगाता, धम्म-से लोहेवाले पलंग पर ढहकर पसर गया! वैसे माँ के लौटने का समय हो रहा था। किसी भी क्षण वह घर लौट सकती है। घर पर माँ का होना बहुत जरूरी लग रहा था। बाप की मौजूदगी सँभालना उसके वश की नहीं। दूसरी ओर, आशंका से मन डर भी रहा था कि कहीं उन दोनों का आमना-सामना किसी जंग को आमंत्रण न दे बैठे!

अचानक भिड़े किवाड़ों पर लौटी माँ की चिरपरिचित हल्की थाप ने उसे जैसे मगरमच्छ के मुँह से छीन लिया। किवाड़ों पर कुंडी नहीं चढ़ी थी। पर माँ को इसकी जानकारी नहीं थी। वह लादी से उछली गेंद की भाँति उछलकर किवाड़ों के पास पहुँचा और माँ के भीतर पाँव देने से पहले उसने लोहे के पलंग पर पसरे बाप की प्रतिक्रिया माँ के चेहरे पर पढ़नी चाही। किन्तु माँ का चेहरा उसे अनलिखी तख्ती-सा सपाट, शून्य लगा।

बाप मुँह पर भिनकती मक्खियों से तनिक परेशान हुआ। सिर झटकते हुए नशे में बड़बड़ाया, "कमली...पानी दे तो..."

अनिच्छा से हंडे से गिलास-भर पानी लेकर वह बाप के निकट पहुँचा— "पानी।"

बाप ने उसकी आवाज पर लाल आँखें खोलकर उसे गौर से देखा— "कमली किदर हैय?"

"आशियाना, जोशी बाई के घर काम पर रख दिया।" उसकी बजाय माँ ने गुर्राकर जवाब दिया।

"कितनी देगी?" बाप एकदम चैतन्य हो उठा।

"खाना-कपड़ा, ऊपर से तीस।"

"वो अँधेरीवाली मंगलोरियन बाई उसको माँगती होती...खाना-कपड़ा, ऊपर से साठ रुपया पगार, तभी ना क्यों पाड़ा?"

"पहले उसे नौकरी नईं करानी होती, तू औकात गें रेता तो कभी नईं... उप्पर उस घर में मैं अपना छोकरी काम करने को भेजती? उसका मरद समन्दर

(स्मगलिंग) का धन्धा करता...अक्खा दिन उदर दारू चलती। मालूम नईं कइसा-कइसा लोग आते उसके घर कू? भरोसेवाली होती क्या वो?"

"ये तेरी भड़वी मास्टरनी भरोसेवाली है क्या?" पलंग से उठते हुए बाप गुस्से से दहाड़ा।

"जबान सँभाल, हाँ।" प्रत्युत्तर में क्षुब्ध माँ को जैसे चिनगारी लग गई, "पोरगी (बेटी) की फिकिर नईं, पगार की बोत फिकिर हय तेरे को? हाँ! अपना कमाई में दारू के वास्ते नईं पुरता! बोल तो खटिया डलवा दूँ तेरे वास्ते...फिर खा पोरगी की कमाई।"

"साआली राँड़, तू मेरे को गाली देती भँडुवी! अबी ठिकाने करता तेरे को..." बाप ताव खा झपट पड़ा माँ पर।

माँ की जबान नहीं रुकी। वह गले तक अघा आई सारी तिलमिलाहट और भँड़ास जैसे एकबारगी खाली कर देना चाहती थी।

वह आशंकित हो काँप उठा। क्या हो रहा माँ को? बाप का स्वभाव जानती नहीं? चुप्पी मार लेती तो क्या था...उसे लगा, वह कमला के पास भाग जाए अभी, इसी क्षण। अच्छा ही हुआ जो जोशी बाई कमला को ले गईं। उसे भी माँ किसी के घर काम के लिए क्यों नहीं रख देती?

बाप की धौंस से बेअसर माँ अब भी चुप नहीं हो रही, "भड़ुवा...एक पैसा नईं देता...मैं खून पिला-पिला के बच्चे पालती और तू हरामखोर वो राँड़ के साथ मस्ती मारता...साआला, हाथ लगा के देख अभी मेरे को? देख?"

'राँड़ के साथ?' माँ क्या बोल रही है! उसके माथे से जैसे अचानक गरम सलाख छू गई। तभी नजर बाप की ओर उठी। तमतमाया बाप बरतनों में से लपककर लोटा उठाता हुआ दिखा। लोटा छीनने के लिए वह उसकी ओर झपटे तब तक तो माँ के सिर से खून का फव्वारा फूट पड़ा। माँ 'देवाऽऽ' कहकर ईश्वर को गुहारती फर्श पर ढेर हो गई और तट पर पड़ी मछली-सी तड़फड़ाने लगी।

माँ के माथे पर टाँके लगे अभी ढाई-तीन महीने नहीं गुजरे थे कि जल्लाद बाप ने फिर उसका सिर फोड़ दिया।

उसका सिर घूमने लगा। बजाय माँ को सँभालने के वह विवश-अवश घुटनों में मुँह गड़ा, साँसें खींचता फफक पड़ा। उसके घर में तेज धारवाला रामपुरी चाकू क्यों नहीं? होता तो आज वह सीधा बाप की छाती में भोंक देता। एक बार, दो बार, तीन बार...'खच'...'खच'! ऐसे जानवर को जिन्दा छोड़ना खतरनाक है। छोड़ दिया तो वह कभी भी, किसी रोज पलटकर माँ की जान ले लेगा। माँ को मारकर उसकी! उसके बाद कमला की...कमला शायद उसके हाथ न लगे।

माँ का आर्तनाद सुनकर पड़ोसन लक्ष्मी अम्मा और सामनेवाले हसन काका घुस आए खोली में। बाप हमेशा की तरह मुँह छिपा, तीर-सा निकलकर भाग खड़ा हुआ।

हसन काका ने छटपटाती माँ को ही डाँटा, "बंडू की माँ, क्यों इस बदजात के मुँह लगती है? जानती नहीं! कमबख्त का मुँह नहीं, हाथ चलता है, हाथ..."

लक्ष्मी अम्मा लपककर अपनी खोली से हल्दी-चूना गरम कर लाईं और घाव के आसपास के बाल कतरकर घाव पर लेप लगाने लगी। पट्टी बाँधने के लिए लक्ष्मी अम्मा ने उससे पुराना कपड़ा माँगा। वह कमला की पुरानी छोड़ी हुई फ्रॉक उठा लाया। हड़बड़ाहट में उसे कोई अन्य कपड़ा सूझा ही नहीं कि जिसमें माँ के फटे सिर पर पट्टी बाँधी जा सके। वैसे भी कमला की यह फ्रॉक अब उसके किस काम की। जब से 'आशियाना' जोशी बाई के घर गई है, खोली के बीचोबीच बँधे तार पर कपड़ों के ढेर में फ्रॉक ज्यों-की-त्यों टँगी हुई है।

"अइयो, बंडू! सुन..." लक्ष्मी अम्मा ने घाव पर पट्टी बाँधकर टेंट से एक अठन्नी निकालकर उसकी ओर बढ़ा दी, "फटाफट दौड़ के एक सेरीडून (सेरीडोन) तो ले के आ...वो नुक्कड़वाली पान की दुकान पर मिलेगी। सेरीडून

नईं होना तो पिच्छू एनासिन का गोली ला। मैं तब्बी तलक माँ के लिए हल्दी डाल के चाय बनाती हो, बोत बच गई रे माँ...बोलेंगे तो वो टाँके का जागा पे नईं लगा, नईं तो जान जाती...जा, तू जल्दी जा..."

वह आज्ञाकारी बालक की भाँति खोली के बाहर हो गया। पर मन में माँ की चोट की पीड़ा से ज्यादा माँ के कहे वाक्य कोंचते, मँडराने लगे—"राँड़ के साथ मस्ती..." कहने का क्या तात्पर्य था माँ का? विचित्र लगा माँ का ताना। उससे भी अधिक विचित्र लगा माँ का आज का व्यवहार! दूसरे दिनों की अपेक्षा इस बार बाप अपनी इच्छा के विरुद्ध कमला को जोशी बाई के यहाँ रखने से भड़का अवश्य लेकिन उसके क्रोध को लगातार फूँक दी माँ ने। बाप से हमेशा डरनेवाली और उसके डर से मुँहजोरी करने से मुँह चुरानेवाली माँ का यह रूप निराला लगा! कहीं गड़बड़ जरूर है। बाप इधर रहता नहीं तो आखिर भागकर जाता किधर है? एकाध रोज की बात हो तो वह सोच भी ले कि हो सकता है, बाप पी-पा दारू के अड्डे पर ही पड़ा रहता हो या किसी दोस्त के घर! महीनों कोई कैसे रख सकता है पियक्कड़ बाप को अपने पास?

पान की दुकान पर पहुँचकर उसने राहत की साँस ली। जैसे माँ के लिए संजीवनी बूटी पा लेने का आश्वासन पा लिया हो उसने...माँ से पूछे वो राँड़ के बारे में?

सुबह वह बड़ी मुश्किल से जागता। आवाजों-पर-आवाजों लगाती माँ धमकाती रहती। अन्त में खीझकर हाथ पकड़ दरी पर उठाकर बैठा देती, 'शाले को नईं जाने, बंडू?' पर, पर आज माँ की पहली ही पुकार पर चौकन्ना हो उठ बैठा।

"तू ठीक न?"

"ठीक मैं..." माँ ने उसे चिन्तित न होने के लिए आश्वस्त किया। बोली, "जा, भइया जी की दुकान से पावली (चवन्नी) का दूध ले आ, चाय के वास्ते।"

वह बिना हील-हुज्जत किए गिलास और पावली लेकर झोपड़े से बाहर निकल आया। गली में अभी सुबह नहीं हुई थी। माँ ने कुछ जल्दी ही उठा दिया उसे। हो सकता है, वह दर्द के मारे सोई ही न हो रात-भर! झूठ-मूठ उसे बहलाने के लिए कह दिया कि मैं ठीक हूँ।

अगल-बगल की सारी दुकानों के शटर गिरे हुए थे। खाली भइया जी की दुकान खुली थी। दूध से भरा कड़ाह अधसुलगी बड़ी सिगड़ी की बगल में ही धरा हुआ था। करीब पहुँचा तो कोयले सुलगाने के उद्देश्य से उड़ेले गए मिट्टी के तेल का भभका लपटों के बावजूद नथूनों में दमघोंटू बदबू भर गया। जी मितला उठा। उसे देख भइया जी ऐंठी हुई मूँछों से कटाक्ष करते हुए मुस्कराए, "तू कैसे आ गया रे, बंडू!...कहीं बाप ने कुटम्मस तो नहीं कर दी महतारी (माँ) की?"

वह भइया जी के कटाक्ष से कटकर रह गया। झूठ बोला, "ताप आ गया माँ को।"

"ताप?" भइया जी हो-हो करते हुए हँसे।

उसने लपककर उनके हाथ से दूध का गिलास ले लिया और तेजी से दुकान के बरामदे की सीढ़ियाँ उतरने लगा।

क्षोभ से मुँह कड़ुवा आया। उसके घर के तमाशे किसी से छिपे नहीं! महसूस हुआ, जैसे सुबह-सुबह भइया जी ने उसके किशोर गालों पर 'प्रश्न' नहीं, तमाचे जड़ दिए। उपहास उड़ाते तमाचे! उसने सुना, वे अपने नौकरों को सुनाकर बोले, "अक्खा झोपड़पट्टी का ऐसन हाल बा...जोरू चार घरि चौका-बासन करति हय और इनके मरदुआ घाटी साले...दारू पी-पा के मेहरारू के हाड़-गोड़ तोरत हैं, राम-राम, कैसी जबराई!" उसका वश चलता तो वह हाथ में पकड़े दूध के गिलास को गोटी (कंचे) के अचूक निशाने-सा साधकर भइया जी पर फेंक मारता। उनकी चटचटाती सहानुभूति की उसको और उसकी माँ को कतई जरूरत नहीं। बापू उसका नकारा, बेईमान, दारुड़िया, जल्लाद सही, पर वह अपनी माँ को आते समय में घर-घर भाँडी नहीं धोने देगा।

‘पढ़ाई छोड़ देगा मैं।’ उसके भीतर के किशोर बंडू ने अचानक परिस्थितियों से लड़ने का फैसला किया।

पढ़कर करेगा भी क्या? जब तक पढ़-लिखकर हवलदार के माफिक कमाने-धमाने के काबिल बनेगा, चौबीसों घंटे मेहनत करती, बूँद-बूँद निचुड़ती माँ जिन्दा बचेगी? पीली कमजोर—चलती है तो मन डरता है कि अगले ही डग ठोकर खाकर ढेर न हो जाए। वह माँ को जिन्दा रखेगा। कमाएगा। कमाएगा तो आराम करने के लिए माँ को घर बैठा देगा। पैसा जोड़कर कहीं अलग खोली ले लेगा, जहाँ दुष्ट बाप की परछाईं भी न पहुँच सके। माँ काम पर से लौटती है तो कटे वृक्ष-सी लोहेवाले पलंग पर ढेर हो जाती है। कुछ रौनक चेहरे पर आई है, जब से कमला की पगार हाथ में आने लगी है। वह भी कुछ करने लगेगा तो उनके चेहरे की गुम रौनक पूरी लौट आएगी।

सवाल उठता है—माँ सुख-चैन के दिन देख सकेगी? कैसे? वह करेगा क्या? क्यों...कोई छोटा-मोटा धन्धा। रफीक करता है न! उसके जैसा ही कोई काम! दोस्तों के बीच रफीक का धाँसू रौब है। दोस्तों को बीड़ी भी वही पिलाता है अपनी कमाई से। कभी-कभी तो नि:संकोच पूरा बंडल थमा देता उन्हें।

उससे मिलेगा फौरन...नक्कीच!

दरवाजे पर पहुँचा ही था कि लक्ष्मी अम्मा ने पुकारा अपने ओटले (बरामदे) से, “माँ को कइसा है, बंडू...उठने को सकी?”

“नईं, अम्मा।” उसने उदास होकर जवाब दिया।

“मार जास्ती लगी, बेटा! हल्दी-चूना से घाव नईं पुरेगा। डाकदर के पास ले जाके सूई देना माँ को। और सुन, दो-तीन दिन घर में बैठने कू बोल उसको।”

“मेरा किदर सुनेगा, अम्मा!” उसने विवशता प्रकट की।

“अच्छा जा, मैं आती पिच्छू। मैं समझाएगी सीताबाई को। दो-तीन दिन के वास्ते अपना काम पर किसी को बदली में भेजेगी तो ठीक।”

चोट तो गहरी आई ही है। नहीं तो पाँच बजे बिस्तर छोड़ देनेवाली माँ आज जगी हुई मिली मगर उठकर दूध लाने की उसकी हिम्मत नहीं हुई।

बड़ी मुश्किल हुई चाय बनाने में। स्टोव जलाने की आदत जो नहीं। एक बार को मन में आया कि माँ से ही कहे कि वही स्टोव जला दे उठकर। फिर उसे तंग करना उचित नहीं लगा। वह जागती हुई होने के बावजूद बिलकुल मरणासन्न मुद्रा में निश्चेष्ट पड़ी दिखी—उसकी अनगढ़ खटर-पटर के बावजूद।

चाय की कप-बसी उठाए उसने आहिस्ता से माँ से उठने और चाय पी लेने का आग्रह किया। उसे लगा, माँ चाय लेकर उसकी चुस्ती-फुरती पर चकित-सी प्रसन्न हुए बिना नहीं रहेगी लेकिन माँ के चेहरे पर कोई भाव नहीं उपजा। कहीं कुछ था तो पीड़ा की कराह-भरी सलवटें। वह उदास हो आया। माँ कुछ तो कहती, कुछ भी। प्रशंसा न सही, एक सहज निहार ही। पर चाय खत्म कर कहा भी तो इतना, "दो-चार बाल्टी पानी भर ले, बंडू, नईं तो अक्खा दिन पानी पीने का वांदा होएंगा।" कहते-कहते वह तुरन्त औंधी हो गई पलंग पर।

दोनों हाथों में बाल्टी लटकाए हुए वह नल पर पहुँचा तो वहाँ का सारा दृश्य देख अबूझ-सा ठिठक गया। लाइन में खड़ी दो औरतों में बेहयाई से ठनी हुई थी...

"ये लम्बर तो मेरा होता, भरने तू लगी?"

"जबान सँभाल! चौबीस लम्बरवाली के पिच्छू लम्बर मेरा होता। वो भर चुकी, मैं भर रही। मँगता तो पूछ उसको! पूछ न!"

"मैं भर रई...राँड़! सुबू चार बजे उठकर मैं लाइन लगाई, तेरी खपसूरती देखने का वास्ते?"

"काय के वास्ते उठी वो तू जान, पन गाली मत दे। समझी...नईं तो थोबड़े पर लात दूँगी।"

"चल री 'समझी' की बच्ची! किसको समझाती तू? तीन-तीन खसम छोड़ के आई मेरे थोबड़े पर लात देने? आईना देख, कुतरी, आईना!"

"हज्जाम की...तू बिनब्याही बैठी मोहल्ला खराब करे। बोल तो तुझे भी करवा दूँ एक? बूता है सँभालने का?"

"ये ये...! सुबू-सुबू एइसा भांडण (झगड़ा)? रात पाली करके आया मैं। खाली-पीली भंकस नईं मँगता।" अचानक अपनी खोली का दरवाजा खोलकर पाठक दादा शेर-सा दहाड़ा, "गुपचुप पानी भरो, नईं तो सब साली का हंडा उठाकर फेंक दूँगा। एकदम बोमड़ी (शोर) नईं। सोने का है मेरे को। समझा?"

नल पर सन्नाटा छा गया। सिर्फ पानी की पतली धार की आवाज खामोशी तोड़ने लगी।

पाठक दादा के बारे में झोपड़पट्टी में तमाम नई-पुरानी अफवाहें हैं। जेब में नोट की गड्डी डालो और किसी की भी गरदन रेतवा लो। पाठक दादा की रात पाली का मतलब है—कहीं किसी के दिन पूरे हुए!

पाठक दादा की खोली का दरवाजा बन्द होते ही उसे लाइन में लगने की हिम्मत आई। औरतों की चकचक ने उसे सहमा ही दिया था।

उसे खड़े हुए दो-चार पल भी नहीं बीते होंगे कि अचानक रफीक की अम्मी की नजर उस पर पड़ी। अम्मी वहीं से चिल्लाई, "बंडू, आ तू भर ले पहले।"

वह दुविधा में पड़ गया कि लाइन तोड़कर आगे बढ़े या अम्मी को मना कर दे। कहीं ऐसा न हो कि कुछ देर पहले खत्म हुई चख-चख पलटकर उस पर पिल पड़े!

पानी-वानी सब माँ ही भरती है। यहाँ के कायदे-कानून उसकी समझ से परे हैं। अम्मी ने शायद उसके संकोच को ताड़ लिया। उन्होंने उसे आगे बढ़ आने के लिए दोबारा पुकारा। उनके दोबारा पुकारने के बावजूद लाइन में लगी औरतों से किसी ने आपत्ति नहीं प्रकट की तो उसका साहस बँधा। लाइन में लगके उसका नम्बर आने का मतलब है पूरे आधे घंटे का कुंडा। संकोच छोड़कर वह अपनी दोनों बाल्टियाँ उठाए अम्मी के निकट जा पहुँचा। रफीक की माँ ने अपनी बाल्टी सरकाकर तत्काल उसकी बाल्टी नल के नीचे कर दी।

"पक्का ढाई महीने के बाद घर आया था खड़ूस। जालिम ने बहुत मारा सीताबाई को। सिर फट गया बेचारी का।" रफीक की माँ पार्वती चाची को उसके घर की खबर दे रही थीं, "उसी छिनाल के पीछे..."

"अच्छा, कमबख्त रेती किदर वो?"

"वहीं सफेद पुल के झोपड़पट्टी में। उसको भी पहले मरद से दो बच्चे हैं।"

माँ भी तो कल दोपहर...तो माँ के चिड़चिड़ाने की वजह सिर्फ बाप का पीना ही नहीं! बाल्टी अभी आधी भी नहीं भरी थी, पर उसका मन हुआ कि वह बाल्टियाँ छोड़-छाड़कर वहाँ से भाग ले! है कोई ठौर-ठिकाना जहाँ उसके घर की चर्चा न हो?

राँड़ माने कोई औरत।...

राँड़ माने गाली, अब तक यही जानता था वो।...

चार रोज बाद माँ आज भली-चंगी लग रही।

सिर में लगी चोट की दूसरी दोपहर डॉ. जोगलेकर माँ के एकाएक तेज हो गए बुखार से घबरा गए थे। उन्होंने उससे कहा कि हो सकता है, माँ के सिर का एक्सरे निकलवाना पड़े। एक्सरे विलेपार्ले नानावटी में होगा। वे डॉ. दीक्षित के नाम पर चिट्ठी लिखकर दे देंगे। वह माँ को लेकर सुबह नौ बजे एक्सरे विभाग में पहुँच जाए। लेकिन तीसरी सुबह बुखार के एकदम नीचे आ जाने से उसने उनके चेहरे पर राहत देखी। राहत डॉ. जोगलेकर के चेहरे से होती हुई उसके दिमाग को भी सहज कर गई, वरना माँ की खोपड़ी में पहुँची चोट के भय से उसके प्राण सूखने लगे थे। सिर की पट्टी डॉ. जोगलेकर अलबत्ता रोज ही बदलते रहे। अन्नाबाई ने माँ के आग्रह पर चार रोज के लिए उनके पाँचों घरों में एक वक्त काम करने का जिम्मा ले लिया। न कोई मिलता तो उसने माँ को आश्वस्त कर दिया था कि वह उनके घर बता दे। जैसा भी उससे बन

पड़ेगा वह अपने अनाड़ी हाथों से भाँडी-कटका निपटा आएगा। मगर अन्नाबाई की सहानुभूति के चलते इसकी नौबत नहीं आई।

मौका ताड़कर उसने माँ के सामने फौरन अपने धन्धे का प्रस्ताव रख दिया।

पिछले चार दिनों से वह पाठशाला भी नहीं गया। माँ की अस्वस्थता की वजह से नागा हुआ। पर आज सुबह आँखें खुलते ही माँ हाथ धोकर उसके पीछे पड़ गई कि अब वह ठीक है, वह उठे और नहा-धोके अपनी पाठशाला जाए। उसकी बीमारी के चलते उसकी पढ़ाई की कसकर उपेक्षा हुई। अब नुकसान नहीं होगा। लेकिन उसने माँ को अकेला छोड़कर पाठशाला जाने से साफ मना कर दिया।

धन्धे की बात सुनकर माँ उखड़ गई। दुखी होते हुए बोली, "मैं सोचती कि तू लिख-पढ़के बड़ा आदमी बने..."

"धन्धेवाले पढ़े-लिखे से जास्ती कमाते।" समझ के अनुसार उसने तुनककर अपना तर्क प्रस्तुत किया, "तू फकत मेरे को पाँच रुपया दे, शाम को परत दे लेना। मैं केले की फेरी लगाएगा।"

"मेरे पास पईसा नईं।" माँ ने खीझकर साफ मना कर दिया।

"तेरे पास नईं तो पीछे एक काम कर। अपनी पंजाबन सेठानी से माँग कर दे न।" उसने लगभग चिरौरी-सी की।

"कइसा देगी सेठानी? उससे तो मैं अक्खा मेना का पगार एडवांस लिया।"

माँ की रुखाई के बावजूद उसने हिम्मत नहीं हारी—"आशियानेवाली जोशी बाई से माँगकर दे।

"कमली को इंसल्ट लगता, दो-तीन दफे जरूरत पड़ने पर मैं उधर माँगने को गई होती। एक दफा तो कारड पे राशन छुड़ाने को होती। बोली, ऐसा बीच में भीख माँगने को नईं आना, माँ..."

समझ गया।

माँ की लगातार बहानेबाजी ने उसे झुँझला दिया। पढ़ाई के लिए छोड़कर अन्य किसी काम की खातिर वह उसे पैसे नहीं देगी। खैर, निरुत्साहित होने की जरूरत नहीं। जोड़ लेगा पैसे। एक तरकीब है उसके हाथ में। तीन बजे सोसाइटीवाली राशन की दुकान खुलती है। कार्ड पर भराए सामान को उठवाने के लिए लोग उदर हमाल खोजते हैं। कुछेक छोकरों को उसने वहाँ खड़े हुए देखा है हमाली के लिए। वह भी उनके बीच जाकर खड़ा हो जाएगा। राशन की दुकान बन्द होने तक उसके पास केले की फेरी के लायक पैसे जुड़ ही जाएँगे।

दोपहर उतरनी शुरू भी नहीं हुई थी कि वह बन्द शटर के सामने चक्कर काटने लगा। कार्डधारियों की लाइन पहले से ही लग गई थी जो उसके देखते-न-देखते हनुमान की पूँछ हो चली। तकरीबन घंटे-भर बाद दुकान का शटर उठा। फुरती से परचियाँ कटने लगीं...चावल, गेहूँ, शक्कर...वह मुस्तैदी से एक भद्र महिला के पास जा खड़ा हुआ जो थैलों में सामान भरवा रही थी।

"किदर ले चलना है बाई?"

वे चौकन्नी हुईं। उन्होंने उसकी पतली हुलिया तौली। अपने झोलों पर सतर्क दृष्टि डाली। फिर तड़ाक से पूछा, "कितना लोगे? एक सौ बीस नम्बर में जाना है—'साहित्य सहवास'। लिफ्ट है नहीं।"

"जो जी में आए, दे देना।" वह विनम्र हो आया।

"जो जी में आए नहीं, साफ-साफ बता दो। बाद में बहुत टंटा करते हो तुम लोग। कौन दस घंटे चिक-चिक करता बैठेगा?"

"चलो, एक रुपया दे देना बाई।" उसने हँसकर झोलों की तरफ हाथ बढ़ाया।

"क्या? क्या बकते हो? खैरात बाँटने के लिए खड़ी हुई हूँ क्या मैं राशन की दुकान पर? चालीस पैसे में ले जाते हैं छोकरे। चालीस पैसे में ही ले चलना है तो उठा झोले, नहीं तो छोड़ दे। किसी और से उठवा लूँगी मैं।"

"पच्चीस किलो वजन है, मेम सा'ब, कुछ तो सोचिए!"

"है तो क्या?" भद्र महिला की भृकुटियाँ चढ़ गईं।

बहस फिजूल है। उसने सोचा। यह भी देखा कि तीन-चार छोकरे आम की गुठली पर लपकती मक्खियों-से झोलों के करीब उसके हटने की ताक में आ खड़े हुए हैं। बिना चूँ-चपड़ किए उसने झोले उठाकर पीठ पर लाद लिए। हालाँकि मन प्रतिवाद करने को उबलने लगा—दोस्त फरीद ने कहा था, कुछ नहीं मिलेगा इधर, कहने को साले अपने को 'फिक्स्ड रेट' वाले बताते हैं और सच भी है कि बड़ी-बड़ी दुकानों में बिल पर लिखी रकम बड़ी शान से दे आएँगे, मगर गरीबों की मजदूरी में मोल-भाव किए बिना इन्हें खाना नहीं पचने का। दस पैसे भी कम करा लिए नहीं कि ऐसे प्रसन्न होंगे ये बिल्डिंगवाले, जैसे बैंक उठकर ससुरों के घर आ गई हो।

वजन बहुत है! पीठ और कन्धे टूटे जा रहे हैं। कन्धे उसके इतने नाजुक हैं कि पाठशाला की कॉपी-किताबें उठाते दुखते हैं। अपनी कॉपी-किताबों को दोगुना-तिगुना कर ले तब भी वे इतनी भारी नहीं होने की।

शाम तक पौने तीन रुपये इकट्ठे हो गए। चवन्नी बीड़ी के लिए छिपाकर बाकी रेजगारी उसने माँ की हथेली पर रख दी। बीड़ी की आदत नहीं। कभी रफीक उसे मिलने पर पकड़ा देता है तो एकाध सुट्टा वह नजर बचाकर खींच-खाँच लेता है।

उसकी पहली कमाई माँ ने मुट्ठी में कस, आँखें मूँद, माथे से लगाई, फिर फल्ली के एक कोने में विराजे गणपति बप्पा के सामने ले जाकर रख आई। उसके झाईं-खाए ताम्बई चेहरे पर क्षण-भर को रोशनी की लपट-सी भभकी—सिर्फ क्षण-भर को। उसने देखा तो वह एक अव्यक्त किस्म की स्फूर्ति से भर उठा। राशन के झोलों का बोझ अचानक उसकी कॉपी-किताबों-सा हल्का हो आया।

सुबह पाठशाला के लिए नहीं उठ पाया। बदन पके फोड़े-सा टीस रहा था। किसी हालत में आज दुकान पर खड़े हो हमाली नहीं होने की। जबरदस्ती खड़ा हुआ भी तो जरूर किसी सेठ-सेठानी का राशन गिरा देगा।

माँ उसकी हालत पर तरस उठी—"नईं मँगता मेरे को ऐसा पइसा।"

उसने माँ के चेहरे की ओर गौर से देखा। उसका ताम्बई बैंगन-सा गोल चेहरा अचानक चूल्हे में भुना हुआ-सा, झुर्रियों-पटा महसूस हुआ।

देह के साथ उसके दिमाग की नसें भी टीस रहीं। पहली बार उसे अनुभव हो रहा, देह ही नहीं दुखती, दिमाग भी दुखता है। खोपड़ी के अन्दर बैठा दिमाग रफीक के शब्दों में—'भेजा'। 'अब भेजे से काम ले'—रफीक का आम जुमला है। इसी जुमले से वह उसे लताड़ता रहता है। उसे ही नहीं, गली के बाकी छोकरों को भी आतंकित किए रहता है। उन सबको लगने लगा है कि निश्चित ही रफीक की खोपड़ी में उन सबकी बनिस्बत ज्यादा बड़ा और तेज भेजा है। उसके बड़े और तेज भेजे ने उन्हें अपने भेजे से काम लेने की 'टिरेनिंग' दी है। मगर रफीक ने यह नहीं बताया कि भेजा दुखता भी है और दुखता है तो कोई भी गोली घुटक लो, नहीं शान्त होता!

झोपड़ी की छत से उमस टपक रही है।

दोपहर में उसे सोने की आदत नहीं। सोने की कोशिश कर रहा है मगर नींद नहीं आ रही। उसे अन्दाजा-भर था कि माँ आज बाप को ढूँढ़ने सफेद पुलवाली झोपड़पट्टी में उस औरत के घर भी गई है। बाप के पीछे माँ का इस तरह हैरान होना उसे तनिक नहीं पचा। क्यों गई? घबराकर? हारकर या कोई और बात है जो उसे नहीं पता? इधर माँ के भाँडी-कटका के दो घर छूट गए। एक सेठानी का तो तबादला हो गया, दूसरे ने तीन साल पुराना काम छीनकर नई बाई रख ली। माँ ने खोदने पर बताया कि चिकनाई के चलते हाथ से सेठानी के कीमती डिनर सेट के दो डोंगे रपटकर चूर हो गए।

बाप के पास गई थी क्या? पूछने पर माँ साफ मुकर गई।

वह खुद भी परेशान है। हमाली वाकई उसके वश की नहीं। पिछले छः रोज से वह रफीक के घर के चक्कर लगा रहा है। रफीक न जाने कहाँ

बिलाया हुआ है। भेंट ही नहीं हो पा रही। रफीक से उसे बड़ी उम्मीदें हैं। पिछले हफ्ते रफीक ने कहा था, "एरी-फेरी लगाने का चक्कर छोड़, मेरे साथ धन्धे पर खप। माँ कसम, खीसे पत्थर के सिलवाने पड़ेंगे, पत्थर के।"

रफीक का धन्धा क्या है, उसे खबर नहीं।

चलो, जो भी हो। मगजपच्ची से फायदा? करना है तो करना है। आम बिना गुठली के आम नहीं। साथ उसको भी चाटना पड़ता है। आम खाना है, गुठली नहीं चाटनी, कैसे चलेगा? उधेड़-बुन खत्म हुई। अब रफीक गधे के सिर से सींग-सा गायब है। हसन चाचा से भी कह रखा है कि उसके लायक कोई भी काम हो तो बेझिझक बताए। संगी-साथी भी जानते हैं। परसों बहराम पाड़ावाले चन्दू ने उसे घर आकर खबर दी थी कि उसके लायक एक नौकरी है। बान्द्रा स्टेशन के तीन नम्बर प्लेटफॉर्म पर जो 'चा-पानी' की कैंटीन है, उसमें एक छोकरे की सख्त जरूरत है। उसके मिलते ही नौकरी पक्की। वह फौरन मिलने गया। लेकिन कैंटीनवाला बेईमान लगा। पगार बीस से ऊपर एक पाई नहीं। खाना-नाश्ते के नाम पर सिर्फ चाय-पाव! ड्यूटी सुबह सात बजे से रात नौ बजे तक। उसे नहीं जमा। चाय-पाव पर दिन कैसे कटेगा?

घर की कुंडी खड़की। माँ, बाप, लक्ष्मी अम्मा, हसन चाचा,...कौन हो सकता है?

"कौनऽऽऽ?" वह किवाड़ों की ओर लपका। खोलते ही सामने रफीक को खड़ा देख खुशी से उछल पड़ा। उछलकर लिपट गया।

"अम्मा ने खबर दी कि तूने रोज चक्कर मारे।"

"मारे न!...पन तू किधर?"

"अपुन हफ्ता-भर के वास्ते अहमदाबाद होता।"

"अहमदाबाद?"

"तू नईं समझेगा। वो छोड़ तू...काम की बोल?"

"क्या बोल? बात हुई थी न तेरे से?"

"हुँऽऽ, हुई।"

"मैं धन्धा करने को माँगता, पढ़ाई-वढ़ाई छोड़ दिया।"

"वारे मेरे राजाऽऽ, आया न लाइन पे। अबे, पहले नक्शा क्यों मारा? चल देर से आया, दुरुस्त आया...केले की फेरी करेगा। टिरेन में रूमाल, कंघी, अरसी बेचेगा। तो साऽऽला बेच कंघी, अरसी!" रफीक ने मखौल उड़ाते हुए गरमजोशी से उसकी पीठ पर धौल जमाई। रफीक की धौल से यारी टपकी।

वह खिसियाया, "केले की फेरी मारी न दो दिन लोकल में।"

"खुद खाया कि बेचा?"

"बेचा, पन..." जवाब में हँस पड़ा।

"देखो, धन्धा तो बोत धाँसू है, पन तू लल्लू के माफिक रहेगा तो नईं चलेगा।"

"तू बोल तो!" उसने चुनौती स्वीकारी।

"हिम्मत करेगा?"

"हिम्मत की मत पूछ।" उसे ताव चढ़ आया।

"तो सुन।" रफीक उसका हाथ अपने हाथ में आत्मीयता से दबाकर कान में फुसफुसाया।

सुनते ही वह करेंट खाया-सा छिटककर अलग हो गया।

"पन पोलिस का लफड़ा?"

"हो गया, राजा तेरे से धन्धा..."

रफीक ने खिल्ली उड़ाई, "फिर तो बबुआ, मुँह में चुसनी डाल के बइठ...चुसनी! क्या?"

"काय को मेरी फिरकी लेता...कभी किया नईं न, तो जरा लफड़ा-विफड़ा से डर लगता। पन, करेगा मैं। जो बोलेगा, वो करेगा।"

"ये हुई न मरदवाली बात।" प्रसन्नता से उसके हाथ पर अपना हाथ पटकता हुआ रफीक खिल आया। समझाता हुआ बोला, "रिसक तो है पर तू ठहरा अपना पुराना यार। जमाएगा तुझको। ये सौ का पत्ता रख, खर्च-बिरच को।"

दूसरे रोज वह पूरी तरह हिम्मत बटोरकर, बताए हुए थिएटर की बुकिंग खिड़की पर ठीक साढ़े नौ बजे जा खड़ा हुआ। काफी भीड़ थी। रफीक ने कहा था कि खिड़की पर पहुँचकर वह बुकिंग क्लर्क के सामने तीन उँगलियाँ उठा दे। बीस टिकट उसके खीसे में होंगे। सब कुछ गुपचुप व होशियारी से होना चाहिए। बगलवाले को भनक न हो। चौकस सतर्कता बरती उसने। पलक झपकते बीस टिकट उसकी जेब में थे। दस तीन से छः के शो के, बाकी छः से नौ के। रफीक ने यह भी कहा कि अभी इतनी ही टिकटों से उसे बेचने का गुर सीखना होगा। गिराक को शेंडी लगाने का गुर सीखते ही उसे ज्यादा टिकटें निकालने की जिम्मेवारी उठानी होगी।

टिकटें लेकर सिनेमा हॉल का बरामदा उतरते ही एक काले-से गट्टे छोकरे ने उँगली के इशारे से उसे अपनी ओर बुलाया।

"मैं?" उसने सकपकाकर अपनी अगल-बगल देखा।

"तू ही, आ इधर!"

"चल उदर बेकरी के पिच्छू चल...थिएटर में तेरा आज पहला दिन है न? यार लोग ने तेरे को दावत दिया!"

उसे लगा, रफीक ने इनसे भी उसके बारे में कुछ कह रखा होगा मगर इस कल्लू ने उसे तीन उँगली क्यों नहीं दिखाई? फिर भी वह बिना हील-हुज्जत के सहज भाव से उसके पीछे चल दिया। मगर सँकरी गली में पहुँचकर सनका। छः-सात छोकरे उसे चील-झपट्टावाली मुद्रा में तने खड़े दिखे। उनकी मंशा भाँपते देर नहीं लगी। वह भाग निकलने की सोचे-न सोचे, तब तक उनमें से एक ने झपटकर उसकी गरदन माप ली—"बीस टिकट काय के वास्ते खरीदा, तेरे बाप की बारात आती पिक्चर कूँ?"

वह चुप रहा। खीझ हुई अपने पर। भयंकर असावधानी हो गई उससे।

"मूँ में जबान नईं?"

"खोल के देख!" दूसरे ने पहले को उकसाया।

"नया न, शरमाता। खोलेगा, अपने-आप खोलेगा।"

झूठ नहीं चलेगा। सब-के-सब दाढ़ी-मूँछवाले। उससे तगड़े, मजबूत। उसकी मसें-भर भीगी हैं। बोला, "बिलैक के वास्ते..."

"बिलैक के वास्ते?" उसका ही वाक्य दोहराने के साथ उसे एक ने कालर पकड़कर उठाया और तड़ से जमीन पर पटक दिया। उसके जमीन पर औंधे होते ही लात-घूँसों की बौछार होने लगी। वे उसकी देह से गेंद की तरह खेलने लगे। कंकड़ियों और तीखे डगढ़ों (पत्थरों के छोड़े टुकड़ों) से होंठ कट गए। कुहनियाँ छिल गईं। खून से भर उठा। दाएँ घुटने की हड्डी उतर गई-सी लगी।

उसे शिथिल हो लुढ़कते-लुढ़कते, प्रतिवाद न करते देख उनके क्रोध पर छींटे पड़े। उन्होंने हाथ-पाँव चलाने बन्द कर दिए। एक ने उसकी बुश्शर्ट में से टिकट निकाल लिए। दूसरे ने हुमककर आखिरी लात जमाई।

"फूट...कल से कम्पाउंड में नहीं दिखना। दिखा तो एकच टाँग पे घूमता दिखेगा। रफीक के बाप का थिएटर नईं।" चेतावनी देकर सातों फुर्र हो गए।

दूसरे रोज खासा हंगामा हुआ। रफीक ने उनके गैंग लीडर नारायना से बात की। दोनों तरफ के छोकरों की भिड़न्त होते-होते बची। किसी तरह मामला रफा-दफा हुआ। पैसे वापस मिल गए। मुनाफे के साथ टिकट तो उन्होंने बेच ही लिए थे। यह भी समझौता हो गया कि वह फिलहाल उसी सिनेमा हॉल पर खड़ा होगा। नारायना को कमाई में से उसका हिस्सा देना होगा। रफीक को नहीं। नारायना को क्यों, रफीक को क्यों नहीं? रफीक ने उसके खरोंच-खाए कन्धे को थपकाया—"वो सब पचड़े में मत पड़ तू, फकत अपना काम देख।"

वह भी उनकी तरह चूहे को टोहती बिल्ली-सा भीड़ में चक्कर काटने लगा, "तीन का छ:, तीन का छ:...बालकनी दस, बालकनी दस..."

पचीस-तीस रुपये रोज रात को उसके हाथ में आने लगे—नारायना और खिड़कीवाले क्लर्क श्रीवास्तव बाबू का हिस्सा पहुँचाकर। इतवार की बात कुछ और होती। चारों 'शो' में कहीं 'हाउस फुल' का पाटिया टँग जाए तो पौ बारह।

प्रेम में पड़े छोकरे-छोकरियाँ पचास तक देने को राजी हो जाते। औरों का भी यही हाल। टैक्सी में पैसे फूँककर आनेवाले बिना फिल्म देखे लौटें कैसे?

लेकिन ऐसे 'हाउस फुल' और 'पेशल संडे' हफ्तों से ठंडे चल रहे। कोई धाँसू पिक्चर ही थिएटर पर नहीं चढ़ रही।

बुकिंग खिड़की के लिए निकलने से पहले, वह माँ के हाथ में बीस रुपये रख देता। शुरू में अविश्वास और संकोच से घिरी माँ उससे पैसे के विषय में बार-बार पूछती कि आखिर इतने पैसे कहाँ से और कैसे आए उसके पास? वह झूठ बोलता कि 'कन्ट्राज' पर काम कर रहा है। ट्रक लोड करने के उसे पच्चीस रुपये रोज मिलते हैं।

एक बात की उसे हैरत होती है। माँ अब उससे शाला जाने की जिद्द क्यों नहीं करती? थक-हार टूट गई है या सपनों पर अब उसे विश्वास नहीं रहा!

माँ को उसके पैसों की आदत पड़ने लगी है! कभी दस-पाँच कम देता है तो उसे सँभालकर खर्च करने का उपदेश पिलाने लगी है। आगाह करती कि काम से जी न चुराए, आज नियमित काम मिल रहा है, कल मिले, न मिले! एक बात और। अपनी फिजूल चाट-चूट की आदत से भी बाज आए। जो खाना है, उसे घर में बनवाकर खाए।

दूसरी बीड़ी खत्म कर, टोंटे को पाँव से रगड़कर वह दबे पाँव खोली में घुसा। सिटकनी चढ़ाई और चटाई पर पड़ गया।

अचरज हुआ सिटकनी न चढ़ी होने पर। भूल गई शायद माँ? वैसे भूलती नहीं कभी। हाथ बढ़ाकर धीमी कर दी लालटेन की धीमी लौ दीवारों पर लुपलुपाती, भूरी उजास लिए थर्राने लगी। माँ को आज जल्दी नींद लग भी गई। जल्दी नींद आती नहीं उसे इधर। इस बात का भी विस्मय हुआ। हो सकता है, आज अधिक थक गई हो। अचानक महसूस हुआ, वह जो समझ रहा है कि

माँ गहरी नींद में पड़ी सो रही है, उसका भ्रम है। लोहे के पलंग की चरमराहट में उसे किसी तड़फड़ाती बेचैनी की आहट मिली। क्या बात हो सकती है?

उसने करवट भर गरदन उचकाई। स्तब्ध रह गया। अनुमान सही था। पलंग पर उठकर बैठी माँ घुटनों पर ठुड्डी टिकाए, टाँगों को बाँहों से घेरे, झोपड़ी की दीवार को एकटक ताकती मिली। माँ की आँखों की पनीली उदासी आँखों में सीधी न देख पाने के बावजूद उसे साफ दिखाई दी। माँ उसे लेकर तो परेशान नहीं? हो सकता है, उसके धन्धे की खबर कहीं से लग गई हो उसे। आजकल उसका इलाका बदला हुआ है। वह गेटी, गैलेक्सी छोड़कर मलाड के एक नए थिएटर पर धन्धा करने लगा है। याद नहीं पड़ता कि वह कभी किसी परिचित से टकराया हो।

हाथ बढ़ाकर उसने लालटेन की बत्ती उकसाई।

रोशनी कुछ ज्यादा हो जाने से माँ पर कोई असर नहीं हुआ। माँ पूर्ववत बैठी रही। यह भी हो सकता है कि बाप घर आया हो? बाप घर आया होता तो माँ साबुत बैठी नहीं दिखाई देती। उसने भेदती नजर से माँ की देह को टोहने की कोशिश की। कोशिश व्यर्थ गई। बाप के घर आने का कोई अवशेष जख्म के रूप में माँ की देह पर मौजूद नहीं। ओह, कैसी अनाप-शनाप अटकलें लगा रहा है। भूल गया कि कल माँ ने ही उसे बताया था कि आज दोपहर वह कमली के घर जाएगी। जोशी बाई सपरिवार तीन-चार रोज के लिए अपनी ननद के घर पुणे जानेवाली हैं। उनके ननदोई की मौत हो गई है। जोशी बाई के वापस लौटने तक कमली उनके पास ही आकर रहेगी। कमली कहाँ है? कमली को घर पर ही होना चाहिए? माँ कल कितनी खुश थी—उमंग से भरी हुई कि वह कमली के सूने पाँवों के लिए चाँदी की तोड़ियाँ खरीदकर लाना चाहती है। सयानी हो रही है पोरगी। अब तक कुछ कान-गले नहीं डाला। निर्धन-से-निर्धन अपनी बेटी को छूँछा नहीं रखता।

उसे माँ की उमंग से खुशी हुई। कमली के आने की खबर सुनकर तो और भी।

"हमेशा के जैसा देर नहीं करना।" हिदायत नहीं, इसरार किया था माँ ने। चलते-फिरते यह सूचना भी दे दी थी उसे कि 'सीपी' और 'कोलमी' (चावल की किस्म) भात पकाएगी—कमला की पसन्द का खाना। बस, भागा-दौड़ी के चक्कर में याद नहीं रहा कि वह सुबह माँ से जल्दी आने की हामी भर गया था। पुरानी हिट फिल्म लगी हुई है थिएटर में, 'संगम'। राजकपूर, वैजयन्तीमाला, राजेन्द्र कुमार को देखने के लिए टूटे पड़ रहे हैं लोग। माँ की लम्बी नि:श्वास की दस्तक से उसकी सोच का तार टूटा।

"कमला आनेवाली थी न?"

माँ ने कोई उत्तर नहीं दिया। जैसे उसका प्रश्न कानों में पड़ा ही न हो। उसने संकोच के साथ अपना प्रश्न दोहराया।

"नहीं आई।"

"काय को?"

उत्तर में चुप्पी।

"काय को नईं आई?" उसके स्वर में उतावली थी।

"उसको इदर नईं आने का है!" माँ का स्वर काँपा।

"क्या?"

माँ सचमुच रो रही थी। अवरुद्ध कंठ से बोली, "कमलाच इदर रैने को तैयार नईं। जिद्द करके वो उनके साथ पूने को गई। मैं लेने को गई तो बोली, "मैं बाई के साथ जाएगी। मेरे कू झोपड़ी में नहीं आने का। पंखा नईं न उदर। ऊपर से संडास में लाइन लगाने का लफड़ा...तुमको आदत पड़ गई मोरी में पिशाब करने की, मेरी आदत छूट गई। उसी में पिशाब करना, उसी में बरतन घिसना, उसी में नहाना, हमको नईं चलता..."

'हमको' सुनकर वह चौंका। यह माँ का शब्द नहीं। यह अपनी औकात भूल बिल्डिंगवालों की बिरादरी में स्वयं को शामिल कर लेने के मुगालते की छूत है। सुख-सुविधाएँ खैर, उसे क्या मिलनी। सुख-सुविधाओं से अटे घर के पाखाने के सामने, शतरंजी बिछाकर सो रहने की छूट ही कमली के लिए घी

के स्वाद की बनिस्बत, उसकी तेज महक पीकर स्वाद पाने की सन्तुष्टि है, और कुछ नहीं। आम दिखा और गुठली चुसाकर कुत्ता बनाने की कला कोई इनसे सीखे! साआल्ली नाटकबाज मास्टरनी जोशी बाई! घी सुँघा-सुँघाकर उल्लू की पट्ठी कमली को ऐसी कुतिया बना देगी कि कमली जीवन-भर ऊँची इमारतोंवालियों की देहरी पर उनकी भाँडी घिस, जूठन चाट-चूट, कुतिया-सी परकी रहेगी।

मामला समझ में आ गया।

माँ की पीड़ा बड़ी विदारक है—कुछ छूट जाने, कुछ खो जाने की। दारुड़िए पति के घोर तिरस्कार से बित्ता-बित्ता छलनी हुई माँ अपनी चहेती औलाद की अप्रत्याशित उपेक्षा बरदाश्त नहीं कर पा रही...

"दिमाग ठिकाने नईं कमली का, हरामखोर को चरबी चढ़ गई...झापड़ क्यों नईं चढ़ा के दिया जोशी बाई के सामनेच? बिल्डिंगवाली बनती माँ का सामने?" वह क्षुब्ध हो उठा। उसे लगा, कमली ने उसके मुँह पर भी थूक दिया। हर समय 'दादा, दादा' करनेवाली कमली के दिल में उससे मिलने की कोई ललक शेष नहीं?

"तू कुछ भी बोल, ये मास्टरनी पर अपने को खातरी नईं। आने दे लौट के पुने से, मैं देखता।" उसके स्वर में आग थी।

माँ ने गरदन घुमाई, "फायदा नईं, अपना सिक्काच खोटा।"

"अब्बी तू रोने का नईं, तेरे को मेरा शपथ! सो जा! कल सुबू मेरे को अपने साथेच उठाना, जल्दी बुलाया सेठ।" कहकर उसने अपने चेहरे को कोहनी से ढक लिया।

काफी देर बाद माँ के लेटने की आहट हुई। उनके करवट भर लेने के बावजूद उसने महसूस किया कि माँ सो नहीं पा रही। घुमड़-घुमड़कर सिसकियाँ भरने लगती है। उसे परेशानी हुई। उठकर उसे मनाए? मनाए कैसे? कहे क्या? जो थोड़ा-बहुत दु:ख का आवेग कम हुआ है, फिर न पलट पड़े! अपने बिस्तर पर उठ बैठा। कुछ देर बैठा रहा। माँ की सिसकियों का अन्तराल

बढ़ रहा है। बड़ी देर तक कोई सिसकी नहीं आई तो बिस्तर पर ढीला हो गया।

कल बड़ी धाँधल है। अमिताभ बच्चन की फिलिम का रिलीज है। खिड़की पर टूटनेवाली भीड़ को होशियारी से सँभालना है। रात का रोना-धोना सुबू पनवती साबित होता है धन्धे में। माँ क्या समझेगी? मलाड के लिए निकलने से पहले वह हनुमान जी के मन्दिर में सिर झुकाना नहीं भूलता। धन्धे पर कृपा होनी चाहिए न। उसके टेंशन की खबर नहीं माँ को। टिकट मुफ्त में भी लेनेवाला नहीं मिलता कभी-कभी, ऊपर से आपसी मारा-मारी। सभी चाहते हैं कि उनको उसी थिएटर पर धन्धा करने का चानस मिले जिसमें अमिताभ बच्चन की फिलिम लगनेवाली है। थिएटर की अदला-बदली के कायदे-कानून भी भूल जाते। छुरा-चाकू निकाल लेते। माँ का क्या! चार घंटों का भाँडी-कटका निबटाया और चल दी मावसी (मौसी) के घर तफरीह करने। आजकल मावसी से बहुत पटने लगी है। पहले दोनों एक-दूसरे का मुँह देखना तक बरदाश्त नहीं कर पाते थे। चलो, ठीक है। जहाँ भी माँ का मन लगे। चैन मिले। बारह से पहले वह भी घर नहीं लौट पाता!

'तीन का तीस...तीन का तीस...बालकनी पचास, बालकनी पचास...'

लोगों के चेहरों पर बुदबुदाता हुआ वह चक्कर-पर-चक्कर मार रहा है। पसीने छूट रहे हैं। पब्लिक एकदम ठंडी है। अमिताभ की फिलिम है, टिकट-खिड़की बन्द है, फिर भी लोग टिकट बिलैक में लेने को तैयार नहीं। चिन्ता की बात यह है कि बरामदे में हाउस फुल का पटिया लगा हुआ है मगर भीतर हॉल खाली है। वैसे यह धन्धे की पोल है पर आज दाना फिट नहीं बैठ रहा। पब्लिक झाँसे में नहीं आ रही है। घूम-फिरकर लौट रही है। शो शुरू हुए भी दस मिनट हो चुके हैं।

जबरदस्त फटका लगनेवाला है।

उसके पास इस शो के पचास टिकट हैं, माथा घूम रहा है उसका। होगा

क्या। इसीलिए चिढ़ रहा था रात माँ के रोने पर। कलह से कभी कुछ अच्छा हुआ है? काम बना किसी का?

एक युवक उसके करीब आया, "टिकट है?"

"कितना माँगता?" उसके चेहरे पर चमक दौड़ी।

"तीस टिकट! बालकनी के छः का तीन के भाव से दे दो—तो ले लूँ।"

वह दुविधा में पड़ गया। आधे दाम में? अमिताभ की फिलिम के टिकट आधे दाम में! कैसा अन्धेर है। ऐसा पहले कभी नहीं हुआ। अमिताभ की फिलिम माने जैक पाट! आँख मूँदकर लगा दो पैसा! महीने-भर की कमाई हफ्ते-भर में! टिकट रद्दी में जानेवाले हैं, यह तो तय है। पर बुद्धिमानी इसी में है कि भागे भूत की लँगोटी भली। जो भी निकल आए। दिमाग में कौंधा कि एक साथी से मशविरा कर ले।

"जरा मिनट इदरीच ठैरना" कहकर वह भीड़ में गुम हो गया। अपने एक साथी के पास पहुँचकर पूछा, "एक गिराक बालकनी का तीस टिकट आधी कीमत में माँगता। दे दूँ?"

"थोड़ा रास्ता देख।"

"रास्ता क्या देखूँ? पब्लिक साऽऽली वापस जा रही है। मुद्दल भी नईं निकलने का।"

साथी उसकी बेसब्री से चिढ़ गया, "अबे, धन्धे का कुछ उसूल होता..."

"चुप बे, उसूल गया तेल लगाने। इतना खोट में जो निकलेगा, वो निकलता।" वह स्वयं निर्णय लेता हुआ-सा उसके पास से हट आया और उसी युवक के करीब पहुँचा। उसने इशारा किया कि वह टिकट देने को तैयार है पर यहाँ नहीं, वह पैसे निकालकर सामनेवाली मटन शॉप के पीछे आ जाए।

फुरती से उसने हिप पॉकेट से टिकट निकाले, गिने और युवक की ओर बढ़ा दिए। युवक के हाथ से पैसे लेकर जेब में रख ही रहा था कि अचानक एक अजनबी उस पर पीछे से आकर टूट पड़ा। उसने अजनबी के चंगुल से छूटने की जानमार कोशिश की, खूब छटपटाया पर तब तक उसे कई अन्य

लोगों ने घेरकर दबोच लिया। समझ गया। छूट भागने की कोशिश करना बेकार है। आज चढ़ गया सीआईडी के हत्थे।

थिएटर पर भी जबरदस्त छापा पड़ा। अन्दर सीटें खाली और बाहर हाउस फुल का पटिया। उसके तीन अन्य साथी छोकरे पकड़े गए। बाकी सात छिटक गए।

हवा थी कि सीआईडी ने घूम-घूमकर पब्लिक को टिकट न खरीदने के लिए दबाव डाला ताकि वह थिएटर के कर्मचारियों और काला धन्धा करने वालों की मिली भगत को रंगे हाथों पकड़ सके।

वह बन्द हो गया।

मलाड पुलिस चौकी में रात-भर उनकी खाल उधेड़ी गई। इंस्पेक्टर सामन्त लगातार पूछता रहा कि वह भकुर दे कि वास्तव में उनका सरगना कौन है और किस-किस सिनेमा हॉल पर उनके गुर्गे सिनेमा टिकटों की कालाबाजारी करते हैं। दूसरे रोज कुछ साथियों ने जबानें खोल दीं। नारायना पकड़ा गया। रफीक फरार हो गया। गिरगाँव का पाटिल और साकीनाका का फिलिप्स भी पकड़े गए।

माँ को खबर भेजी गई। माँ जामिन (जमानत) के लिए नहीं आई। रफीक के दोस्तों ने छुड़ाने की पूरी कोशिश की पर ऊपर से बात आई थी, नीचेवालों ने छोड़ने में मजबूरी जाहिर की। बस इतना हुआ, उम्र छोटी थी, अत: उसे 'डोंगरी बाल-सुधारगृह' भेज दिया गया। तीन दिन खोपड़ी के पीछे टमाटर-भर गुम्मा लिए वह कराहता चटाई पर बिलबिलाता पड़ा रहा। एक बाई डॉक्टर ने आकर जाँच की। सूई लगाई तब कहीं जाकर चौथी रात ठीक से सो पाया। इस दुर्गति और नरक की कल्पना सपने में भी नहीं की थी। बस, आँखों के सामने क्षुब्ध माँ का चेहरा डोलता रहा। सच्चाई कैसे पचा पा रही होगी? कैसे चला रही होगी उसके पीछे घर?

रफीक का छोटा भाई एक शाम अचानक 'डोंगरी बाल-सुधारगृह' में उससे मिलने आया। उसी ने माँ के बारे में खबर दी कि वह उसकी अम्मी

से लड़ने आई थी। जबरदस्त गाली-गलौज किया अम्मी से कि रफीक की गलत सोहबत ने उसके सीधे छोकरे को बरगला दिया। तबाह कर दिया। उसका बंडू ऐसा नहीं था, खूब पढ़ता था। अच्छे नम्बर लाता था। कहना मानता था।

सुनकर वह फीकी हँसी हँस दिया।

माँ उससे मिलने तो आई नहीं। तीन महीने की सजा हुई उसे। रहना उसे 'बाल-सुधारगृह' के नरक में ही था। ऊँचे अहाते के किनारे लगे गुलाब के फूलोंवाला नरक! उस नरक में एक नहीं, बेसींग सैकड़ों यमराज घूमते-टहलते नजर आते। उन दैत्यों के बीच एक लम्बे स्कर्टवाली भली-सी रेखा ताई भी उनसे मिलने आतीं। उससे उसके अपराधी होने के कारणों तथा दबावों के बारे में पूछतीं। साथ-साथ कॉपी में कुछ लिखती भी जातीं। उसे समझातीं भी। साथ के कादर ने रेखा ताई का वास्तविक परिचय दिया। 'डॉक्टर नईं रेखा ताई, कूंसीलर हैं, कूंसीलर! (काउंसिलर) खोपड़ी का डॉक्टर! हम लोगों का साआला खोपड़ी पढ़ने को आती है।"

"ऐसी तफरी तो इस धन्धे में चलती रेती है, यार! कभी-कभी मलाई में मक्खी भी गिरती, तू घबराना नईं। जरूरत का सामान मैं पोंचाऊँगा..." रफीक के भाई का संकेत उसकी बीड़ी-पानी के खर्चे से था, कुछ नोट दिए भी उसे—"इदर का सुपरिटेंडेंट द्विवेदी अपुन को बोत मानता है।"

चटाई की झिरझिरी तीखी तीलियाँ पीठ पर कुँच रहीं।

नींद नहीं आ रही। ऊपर से मच्छर खून पी रहे। नींद आ जाए तो यही चटाई उसके लिए डनलप का गद्दा साबित हो। पर हो तो हो कैसे! उस लम्बोतरे कमरे में उसे मिलाकर कुल इक्कीस लड़के हैं। कुछेक नाटे, कुछ बड़े। ठसे-मुसे। एक-दूसरे की टाँग-पर-टाँग चढ़ाए। उन्हें सोता हुआ पाकर उसे विस्मय होता। घर की चटाई और इस नरक की चटाई में उन्हें कोई अन्तर महसूस नहीं हो रहा? क्यों? क्या वे सब जानवाले मुरदे हैं? और वह जानवाले मुरदों के कब्रिस्तान में रह रहा? कब्रिस्तान की सफेद दीवारें देखकर उसे कितना

डर लगता था! और यहाँ कब्रिस्तान में ही रहने को मजबूर है वह। उसे अपने रोंगटे खड़े होते महसूस हुए।

अचानक एक छोकरा नींद में चीखा। उसकी देह भय से एकबारगी काँप उठी! ठंडे पसीने से नहाती। नींद में क्या देखा होगा उस छोकरे ने? क्यों चीखा वह? शायद चीखें ही शेष हैं उनके पास जागते-सोते। चीखें-ही-चीखें, किस्म-किस्म की। सभी इतने खौफनाक माहौल से आए हैं कि नींद में भी वे उन चीखों के प्रभाव से मुक्त नहीं हो पाते। उन्हीं में दलते-पिसते! कादर ने कल दोपहर अपना किस्सा सुनाया था। सुनकर वह अविश्वास से पलकें पटपटाता, माथे पर बल डाले घूरता रहा।

"बाप मेरा सिद्‌दा था। गऊ सरीखा। माँ का इश्क हो गया साऽऽला बनिए से। उसके संग भाग के उसके घर बैठ गई। बोत समझाया बाप ने। हाथ-पाँव जोड़ा। पन माँ के मगज में कुछ नईं चढ़ा, मेरा हवाला भी नईं। इज्जत-आबरू मिट्टी हुई। बाप का भेजा घूम गया। एक रोज माँ को अपना सामान उठाके ले जाने के बहाने घर कू लाया और पिलान के मुताबिक घासलेट डालकर फूँक दिया! पन वो मरी नईं। हस्पताल में उसने 'पोलिस' को बयान दिया कि स्टोव नईं फटा। बाप-बेटे ने मिलकर मेरे को फूँक दिया।"

"पिच्छू...?" भय से उसकी आँखें फट गईं।

"पिच्छू क्या?" कादर ने लापरवाही से सिर झटका, "बाप यरवदा जेल में और मैं इदर..."

उसे अचरज हुआ। कादर अपनी सगी माँ के बारे में कितने निर्मम भाव से बातें कर रहा था मानो वह अपनी माँ की करुण आपबीती नहीं, मोहल्ले के किसी घर में हुई दुर्घटना का बयान कर रहा हो—निष्ठुर, लगावहीन, बदले से भरा! क्यों घृणा से भर उठा कादर माँ के प्रति? क्यों नहीं हो सकता? अत्याचार दिल और आँखों का पानी मार देता है। मर गया कादर की आँखों का पानी? मिट्टी हो गई माया-ममता।

कनपटियाँ पसीने से चुहचुहाने लगीं। क्यों याद करता है कादर का

किस्सा! जब से कादर ने सुनाया, भूल नहीं पा रहा। त्रस्त माँ याद आ रही है, जल्लाद बाप याद आ रहा है। किस्सा सुना सभी ने पर सब बेखबर खर्राटे भर रहे हैं। एक वही...

अन्तर्द्वन्द्व चकिया में अँजुरी-अँजुरी अनाज-सा पीस रहा है...कादर ने ठीक किया? ठीक नहीं किया...नहीं, ठीक किया...उसे यही करना चाहिए था। बाप की इज्जत-आबरू भी तो कोई चीज थी। बच्चे की माया-ममता सब झटक...

अपनी माँ की यातना बिच्छू के विष-सी दिमाग में लहरें भरने लगी।

उसे भी बाप से नफरत है। बाप को माफ नहीं करेगा वह। उसी के चलते माँ और गुड़िया-सी कमली को गुड़िया खेलने की उम्र में मास्टरनी के घर चाकरी करनी पड़ी। उसे बिलैक के धन्धे में मुँह काला करना पड़ा। कम कमाता है बाप?

कादर की माँ की तरह उसके बाप के ऊपर भी इश्क का भूत सवार है... रेखा और अमिताभ बच्चन सरीखा। इस नरक से छूटते ही वह सीधा सफेद पुलवाली झोपड़पट्टी का रास्ता पकड़ेगा। रफीक की अम्मी ने बताया था उसे कि कोई पुन्नपा की चाली है। तय है कि बाप उसी के घर मिलेगा। खलास करके छोड़ेगा उसको। टंटा खत्म। माँ का क्या, जब से उसने आँखें खोली हैं, उसे भाँडी-कटका करके पेट पालते पाया। आगे भी पेट भर लेगी। मर्द का वजूद उसके लिए है ही कहाँ?

नसें तनाव से तड़कने लगीं।

छूटा तो सोचे मुताबिक घर न जाकर सीधा सफेद पुल पर आया। परली तरफवाली झोपड़पट्टी पुल पर से स्पष्ट दिखाई दे रही थी। वहीं कहीं है पुन्नपा की चाली। चाली की एक खोली में वह 'राँड़' और उसका बाप! अभी नहीं भी मिला तो वह उससे निबटे बगैर माँ के पास नहीं जाएगा। निबटने का सामान है उसकी कमीज के नीचे!

रेलिंग छोड़कर वह भीड़ में शामिल हो गया। तभी अचानक, भीड़ में उसे पड़ोसन लक्ष्मी अम्मा दिखाई दे गईं। वह अनायास उनकी ओर लपका। माँ के हाल-चाल जान लेने की उत्सुकता दबा नहीं पाया। पीछे से पुकारा, "लक्ष्मी अम्मा! लक्ष्मी अम्मा!"

लक्ष्मी अम्मा उसकी गुहार सुन चौंककर पलटीं। उसे सामने खड़ा पा प्रसन्नता से पुलकीं, "अइयो बंडू! तू? कब छूटा? दुबला बोत हो गया। खाने को नईं देते होते जेल में?" वे एक साथ तमाम प्रश्न कर बैठीं।

उसने अपने बारे में जवाब न देते हुए, अधीर हो, माँ के बारे में जानना चाहा, "माँ...माँ कैसी है, अम्मा?"

"माँ?" लक्ष्मी अम्मा की भौंहों में बल सिमट आए। पल-भर वह उसे खामोशी से ताकती रहीं, फिर विस्मय से भरकर बोलीं, "तेरे को नईं पत्ता? मिली नईं तेरे को वो?"

अनिष्ट की आशंका से उसका जी धड़का—"क्या हुआ माँ को? बोल अम्मा!"

"सीताबाई ने नया नौरा (दूल्हा) बनाया! वो तेरी मावसी का देवर होता न, नारायण शिन्दे...उसी के साथ...मेरे को लगता, आज उसका रात पाली होएगा, तेरे कू घरमेच मिलेगा।"

सुनकर वह काठ हो उठा।

लक्ष्मी अम्मा उसकी बाँह पकड़कर झकझोरती हुई कुछ पूछ रही थीं उससे, पर उसे कुछ सुनाई नहीं दिया। वह एकाएक मुड़ा और पलटकर भीड़ को धकियाता हुआ तेजी से पुल उतरने लगा।

(1979)

लाक्षागृह

सुन्नी लिफ्ट से बाहर आई।

लिफ्ट के दोनों दरवाजों से सटे, जूट के सस्ते किस्म के कार्पेट से ढके हुए फर्श के छोटे टुकड़े दाहिनी तथा बाईं ओर लम्बी राहदरी की शक्ल में विभक्त हो गए थे।

राहदरी से जुड़े हुए थे हॉलनुमा कमरे। कमरों में सूखे अटे-सटे दर्जनों चेहरे, उससे भी ज्यादा मेज-कुर्सियाँ। संग कतारबद्ध फाइलों के बोझ से बदरंग हुए कबोर्ड।

सुन्नी को एकाउंट्स विभाग में जाना था। हाथ के कागजों पर दृष्टि डालकर जैसे ही वह बाईं ओर को मुड़ी, राहदरी में सिन्हा और स्वामीनाथन की बातचीत में अपना जिक्र सुनकर ठिठक गई। मोड़ पर बढ़ा हुआ पैर उसने पीछे खींच लिया। आँखों के समक्ष पेमेंट्स लिस्ट फैलाकर पढ़ने का उपक्रम करने लगी। लिफ्ट से आने-जानेवालों की दृष्टि उस पर पड़ सकती थी। राहदरी से गुजरनेवालों की भी। यही सोचकर यह नाटक आवश्यक लगा।

चश्मे के काँच पर जम आई बरसाती नमी की-सी धुन्ध एकाएक उसकी आँखों में उतर आई।

उसे दिखाई देना बन्द हो गया। सुन्नी को महसूस हुआ—वह ज्यादा देर यहाँ खड़ी नहीं रह सकती, न पसीजती बेजान टाँगों को एक-एक डग घसीटती

एकाउंट्स विभाग तक पहुँच सकती है। जो कुछ उसने सुना, वह उसके लिए अपने विषय में कोई नई प्रतिक्रिया नहीं थी किन्तु जिसके द्वारा व्यक्त की गई, अवश्य अप्रत्याशित थी—धमनियों पर सहसा ब्लेड रेत देने जैसी।

लिफ्ट के लाल तीर के संकेत द्वारा उसके ग्यारहवें माले पर होने की सूचना के बावजूद पूरी ताकत से उसने कॉल बटन पर अँगूठा दबा दिया।

राहदरी में उसकी उपस्थिति से अनभिज्ञ, अपनी रौ में बोलते सिन्हा की भारी, आकर्षक आवाज और उस पर प्रतिक्रियास्वरूप स्वामीनाथन का कटाक्षपूर्ण फूहड़ ठहाका पिघले हुए सीसे-सा कानों में टपकता, परदों पर फफोलों-सा फूलता, मांस में गहरे धँसकर रह गए बबूल के काँटे-सा टीसता, समूची देह को लँगड़ाहट में बदलता, लिपटा-लिपटा उसकी सीट तक चला आया।

दोनों हाथ के अँगूठे से उसने भौंहों के नीचे छिपी हुई माथे की हड्डियों को हल्के-हल्के चाँपा। थोड़ी सहज हुई तो चपरासी रामलाल को आवाज दी और पेमेंट्स लिस्ट उसके हाथों में थमाकर एकाउंट्स में मि. शर्मा को दे आने के लिए कहा।

रामलाल उसकी मेज से लगा क्षण-भर रुका रहा।

"शर्मा सा'ब कुछ पुच्छेगा तो?"

सुन्नी ने दृष्टि नहीं उठाई, "कह देना, मुझसे फोन पर बात कर लें।" आँखें उठा रामलाल की ओर देख पाना और देखने के बाद उसकी आँखों में उभरे प्रश्नों को सन्तुष्ट कर पाना उसके वश में नहीं।

लंच के बाद का वक्त था।

सुबह से टाले जा रहे सरकारी काम का कुछ अंश निपटाने में पूरा हॉल मुस्तैदी की नाटकीय हबड़ा-तबड़ी ओढ़े तकरीबन व्यस्त था।

उसने टाइपराइटर पर नया रिबन चढ़ाया और अपनी तेरह साल पुरानी नौकरी से त्यागपत्र टाइप करने बैठ गई। अब वह नौकरी नहीं करना चाहती।

वह नौकरी नहीं, नौकरी उसे जीने लगी है। उसके अस्तित्व का पर्याय—उसकी शिनाख्त बन गई है जिसे वह कभी स्वीकार नहीं कर सकती।

अक्षरों पर नर्तन करती-सी, शब्द उगलती उसकी उँगलियाँ, शब्द नहीं, उसके भीतर खौलते लावे का द्रव्य उगल रही हैं। अचानक गति में व्यवधान पड़ा। चेहरा उठाया उसने। उसकी मेज से सटे खड़े मि. भार्गव उससे किसी जरूरी फाइल के विषय में पूछ रहे थे। मि. भार्गव क्या पूछ रहे हैं, वह कुछ सुन नहीं पा रही। उसे लग रहा है, मि. भार्गव अचानक गूँगे हो उठे हैं और महज होठों की हरकत से अपना अभिप्राय समझाने की कोशिश कर रहे हैं"

उसके कानों में भानूबेन के शब्द सायँ-सायँ उड़ रहे हैं—"देवेन्द्र तो खुदिच छः-सात सौ रुपिया मैना लाता घर में। सुनिता को नौकरी-चाकरी नई करने देगा।

अति व्यस्त भाव से गरदन उठाकर उसने शून्य दृष्टि से उनकी ओर देखा।

भार्गव साहब उलझन में फँस गए, "कुछ जरूरी टाइप कर रही हैं?"

"जी।" वह टाइपराइटर से उँगलियाँ हटाकर मेज को अस्त-व्यस्त बना रहे कागजों के पुलिन्दे को इधर-उधर सरकाने, सरियाने लगी।

"अस्वस्थ लग रहीं आप, फाइल कोई ऐसी जरूरी नहीं। चाय पीना चाहें तो आइए कैंटीन चलें। शायद कुछ आराम मिले।"

इस कार्यालय में आदमी नहीं, बरैया रहती हैं जो लाख भगाने और दरवाजे, खिड़कियाँ बन्द करने के बावजूद सिर पर भन्नाती मँडराती रहती हैं।

उसने भार्गव साहब को उनके चाय के प्रस्ताव के लिए धन्यवाद कहा और अपने काम में लगती-सी टाइपराइटर पर आधे टंकित पत्र की इबारत गौर से पढ़ने लगी। अचानक उसे खयाल आया कि वह यह क्या कह रही है? पत्र की ओर भार्गव साहब का ध्यान आकर्षित कर रही है! भार्गव साहब को उसके त्यागपत्र के विषय में पता लग गया तो निश्चित ही वह आज कार्यालय की

सनसनीखेज ताजा खबर होगी। होती रहे। ताजा खबर किसी लड़की के त्यागपत्र देने पर जरूर बनती; अगर उसकी जगह बीना वर्मा या सुधा अखिल जैसी विभागीय सुन्दरियाँ होतीं।

भार्गव ने वही किया जिसका उसे अन्देशा था।

लटके पत्र को गौर से पढ़ते हुए उन्होंने प्रश्न किया, "किसका त्यागपत्र टाइप कर रही हैं आप?"

झूठ बोलने या बातों की जलेबी बनाने का कोई अर्थ नहीं— "अपना।"

"अपना! क्यों?"

"क्योंकि मैं शादी करने जा रही हूँ।" कहकर वह टाइपराइटर पर लगा अधूरा पत्र पूरा करने में जुट गई।

पत्र पूरा कर उसने टाइपराइटर से अलग किया। दराज में से एक खाली लिफाफा निकाला। निदेशक को सम्बोधित कर कार्यालय का पता टाइप किया। पत्र पर्स में रखकर उठ खड़ी हुई। मेज जैसी थी वैसी ही छोड़ अपनी सीट पर खड़े-खड़े पीछे घूमी, "मिश्रा जी, सुनिए।"

पीछे की मेज पर सिर झुकाए बैठे मिश्रा जी ने फैली हुई फाइलों में से सिर उठाया। उनके निन्दाए चेहरे पर अप्रसन्नता गहराई। लंच करने के बाद का समय जब औरों के लिए काम को हाथ लगा देने की औपचारिकता का होता है, मिश्रा जी के लिए कुछ सुस्ता लेने का। अपने हिस्से की अधिकांश फाइलें वे कार्यालय में दाखिल होते ही सूँघ-सूँघकर निपटा डालते। सुबह की ताजगी दिन चढ़े कहाँ?

"मैं जरा घर जा रही हूँ।"

उन्होंने 'शौक से' वाली भंगिमा में सिर हिलाया और पुनः फाइलों में गरदन गड़ा अन्तर्धान हो गए।

वह बाहर आई। आकर स्टूल पर बैठे हुए रामलाल से उसने पूछा, "साहब केबिन में हैं?"

"हैं न, मैडम!" सदैव की भाँति चुस्त रामलाल तत्परता से स्टूल छोड़कर उठ खड़ा हुआ।

एक पल के लिए असमंजस से घिरी वह दरवाजे का हैडिंल पकड़े हुए ठिठकी, फिर दरवाजा ठेलकर भीतर दाखिल हो गई।

प्लेटफॉर्म पर बम्बई घूमने और बाजार करने आए गृहस्थों और सैलानियों की भीड़ थी। स्कूली किशोर-किशोरियों की भी।

लगी हुई ट्रेन के तमाम डिब्बों को पार करती हुई वह बीच के 'महिलाओं के लिए' डिब्बे में चढ़ी और बीचवाली सीट की बड़ी खिड़की से सटकर बैठ गई। दीवार के सहारे सिर टेक लिया।

दौड़ती हुई ट्रेन के विशाल डिब्बे में उसे लगा कि वह बुक्का फाड़, सिर धुनकर रोए—डिब्बे में यत्र-तत्र बैठी हुई महिला यात्रियों की परवाह छोड़कर! सिक्के का एक पहलू उसे यह भी लगा कि अकेले में, निपट अकेले में रोना मन के गुबारों को हल्का नहीं करता? जैसे अकेले बैठकर हँसना न अवसाद की गाँठें खोलने में समर्थ होता है, न मनोरंजन प्रदान करने में।

हींग और मिर्च-मसालों की तीखी धाँस ने इत्तिला दी कि गाड़ी मस्जिद बन्दर पर पहुँच रही है। उसने दरवाजे की ओर देखा, दड़बे से छूटी मुरगियों की भाँति धकियाती-मुकियाती महिलाओं की रंग-बिरंगी भीड़ डिब्बे में दाखिल हो रही थी।

याद आया, पिछले आठ-दस महीनों का जादुई समय चालीस साल की प्रौढ़ा को अपनी औकात भुलाने को विवश कर कैसे उदरस्थ कर गया कि वह पाँव के नीचे की धरती छोड़, तैरती-फुदकती अल्हड़ किशोरी-सी सिन्हा... सिन्हामय हो उठी।

घर बहुत छोटा-सा था, गृह-निर्माण भवन का दो कमरों का फ्लैट। पिता सचिवालय में क्लर्क थे। पिछले महीने हेडक्लर्क बनकर सेवानिवृत्त हुए। चार दिन घर में बैठे तो ऊब उठे। पहले से भी कोशिशें कर रखी थीं। बाद में दौड़-धूप तेज कर दी। दो साल का एक्सटेंसन मिल गया। इतने खुश हुए कि माँ के साथ शिरडी जाकर आए।

घर उसे हमेशा शान्त, ठहरा-ठहरा-सा लगा। अभाव में दिन नहीं बीते किन्तु भरा-पूरापन भी लोहे की दो पुरानी खाटों, पुराने किस्म के अलमारीनुमा शोकेस, फल्ली पर रखे बड़ा-सा रेडियो जिसे माँ ने अपने हाथों से बुने क्रोशिए के सुन्दर मेजपोश से ढक रखा था, दो मैले कपड़ोंवाली आराम कुर्सियों से अधिक नहीं हो पाया।

क्रोशिए की कंगूरेदार झालर सिर्फ धोने-भर के लिए दरवाजों के चौखटों से अलग की जाती। माँ ने उस झालर में छोटे-छोटे हाथी बुने थे जो बचपन में उसे हवा में झूलते बहुत अच्छे लगते थे। बड़े होने पर मूर्खता की सीमा तक हास्यास्पद! हाँ, माँ का रसोईघर भरा-पूरा था। नीले ऑइल पेंट से रंगी हुई धुआँई फल्लियों पर कतार से सजे हुए स्टील के डिब्बे, कटोरियाँ, थालियाँ, पतीले उसे हमेशा बरतनों की सुसज्जित दुकान-से प्रतीत होते।

मैट्रिक पास करने के बाद जैसे ही उसे रेलवे की नौकरी मिली, उसने बरसों पुराने घर के पुरानेपन को बदलने की मुहिम शुरू कर दी।

नई तिपाई, कुछ सलीके की बाँस की कुर्सियाँ, अंगीठी के धुएँ से मटमैली पड़ी दीवारों पर हल्का सफेद डिस्टेम्पर, हैंडलूम के जूट के परदे...उसकी योजना सुनकर माँ एकदम संजीदा हो उठीं—"तुम्हाला काय करायचा ते तुम्हीं स्वतचा घरी जाऊन करा!" (तुम्हें जो भी करना है, वह अपने घर जाकर करना)। तीनों लड़कियों के लिए यह उनका ब्रह्मवाक्य था। उनकी गृहस्थी में हस्तक्षेप करने की सोचते ही वे ढाल-तलवार उठा अपनी सत्ता की हिफाजत के लिए लक्ष्मीबाई का रूप धर लेतीं। माँ की सन्तुष्टि तीनों को अखरती; मगर वह यही सोचकर विस्मित हो उठती कि अभावों के वार को वे अपनी आत्म-सन्तुष्टि की ढाल से

कितनी सहजता से ध्वस्त-निरस्त्र कर देतीं कि उन्हें कहीं किसी चीज की कमी ही न सालती।

कमी उसे अवश्य सालती। शुभा, मालिनी यहाँ तक कि दादा (बड़े भाई)—सब अपनी-अपनी घर-गृहस्थी में अपनी सत्ता जीते हुए, अपना मनपसन्द करने के लिए चले गए। वही एक बच रही—सिर्फ वही—माँ की सत्ता-तले। उनके नियम-धैर्य के अंकुश में। जहाँ अब भी मात्र एक कैलेंडर टाँग देने पर माँ घिसे रिकार्ड-सा वही वाक्य दोहराने लगतीं। वह स्वयं को दूध से निकली मक्खी की भाँति फिंकी पाती।

दादा की शादी के बाद उसका नम्बर था लेकिन हर बार बात बिगड़ गई। माँ जगह-जगह उसे ले जाकर लड़कों को दिखातीं और लोग थे कि छोटी शुभा और मँझली मालू का रिश्ता माँगने लगते। उसके लम्बोतरे चेहरे ने, ऊँची नाक के नीचे धँसी आँखों ने, होठों से हमेशा बाहर निकले रहनेवाले दाँतों ने, उसे कभी साखरपूड़ा (सगाई) की सम्भावनाओं तक नहीं पहुँचने दिया। माँ शुभा और मालू को कब तक रोकतीं! जबकि हर जगह इस बात का दाना डालना न भूलतीं कि रेलवे की पक्की नौकरी में सुन्नी साढ़े पाँच सौ रुपये महीने कमा रही है। भायखला में उसे एक कमरे का रेलवे-क्वार्टर भी मिला हुआ है जिसका कि उसे सवा दो सौ रुपये भाड़ा मिल रहा है। किन्तु घर और नौकरी का जबरदस्त प्रलोभन भी उसके लिए वर हासिल करने में असमर्थ रहा।

हालाँकि कइयों ने मौके-बेमौके इस ढीलेपने की ओर दबा-दबा संकेत भी किया कि मँझली और छोटी के ब्याह से निपट जाने के उपरान्त पिता जी ने उसके ब्याह के लिए अपेक्षित परिश्रम नहीं किया। घर में प्रतिस्पर्धियों के अभाव में रिश्ता पटना मुश्किल नहीं। मावसी (मौसी) ने तो खुलकर कटाक्ष किया कि भूख में टेढ़ी-मेढ़ी चपातियों के बीच में नर्म, मुलायम, गोल चपाती खींच लेना लोगों का स्वभाव है मगर शेष टेढ़ी-मेढ़ी के बीच कौन-सा विकल्प बचता है?

मालू की विदा-विदाईवाली साँझ का वह जहरीला दंश नीले चकत्ते-सा फैलता उसकी समूची देह और चेतना को अपनी गिरफ्त में लेता, उसे अचानक टीसों के जंगल में लावारिस छोड़ गया था!

वह चिवड़ा और लड्डू की तश्तरी मालू की सास को साग्रह थमाकर अन्य मेहमानों की खातिरदारी के लिए आगे बढ़ी ही थी कि माँ से किए गए मालू की सास के प्रश्न के उत्तर में माँ का तर्क सुन उसके तश्तरी बढ़ाते हाथ काँप गए—"जिद्दी है, ब्याह के लिए तैयार ही नहीं होती। बिरादरी में पचासों लड़के देखे हमने, मगर इसकी 'ना' तो ना!"

माँ ने इस झूठ के सहारे अपनी विवशता या अकर्मण्यता छिपाई या उन तिरस्कारियों की जमात में पैंतरा बदल स्वयं भी खड़ी हो गईं, जिन्होंने उसकी बदसूरती के बहाने उसे सामान्य-स्त्री जीवन के अधिकारों से वंचित कर, ठीकरे सदृश्य रास्ते से दूर फेंक दिया!

वाशबेसिन पर आँसू धोने आई तो एक क्षण को विवेक ने धिक्कारा कि क्या वह माँ के प्रति कठोर और दुराग्रही होकर नहीं सोच रही? लोकापवादों से बचने और उसे बचाने के लिए उनके पास और कौन-सा अस्त्र शेष है?

उसने सोचा। बहुत सोचा। मानसिक क्लेशों और लोकापवादों से स्वयं और माँ-पिता जी को मुक्त रखने के लिए वह स्त्रीत्व की सार्थकता की निहायत दकियानूसी और पारम्परिक परिभाषा से अलग हो पूर्णत: नई दिशाओं का अन्वेषण करेगी।

वह आत्मनिर्भर है। अपनी बचत से एक छोटा, सुन्दर-सा घर खरीदेगी। नहीं भी खरीद पाई तो सरकारी क्वार्टर है उसके पास। फिर भी अपना निजी घर होना महत्त्व रखता है। भविष्यगत सुरक्षा की दृष्टि से भी। उस घर के आँगन की रौनक के लिए अनाथाश्रम से बेहद बदशक्ल बच्ची को गोद लेगी। वह माँ बनेगी। स्त्रीत्व के जननी पक्ष से वह वंचित नहीं रहेगी। बच्ची को पालेगी-पोसेगी, उसकी फुँदने जैसी चोटियों में सेवन्ती की वेणी गूँथेगी।

उसके लिए रंग-बिरंगे परकर-पोलकार (लहँगा-चोली) सिलवाएगी। चीनी गुड़िया-सी उसकी बिटिया आँगन में रुनझुन करती थिरकेगी—'नाचे रे मूरा अवै चवै नाच।'

मन दृढ़ हो उठा। एक सुखद तन्मयता उसके चेहरे पर आब-सी उतर आई। उसी रोज रात को उसने माँ और पिता जी को अपने निश्चय से अवगत कराया। बता दिया कि अपने इस निर्णय की जानकारी उसने चिट्ठी लिखकर दादा को पहले ही दे दी है।

आरामकुर्सी पर अधलेटे पिता मुँह में पान भरे हुए, 'स्त्री' का दीपावली विशेषांक पढ़ रहे थे। यह उनकी तीस साल पुरानी आदत थी—खाना खा चुकने के उपरान्त पत्रिका या अखबार पढ़ना। बाहर घूमना उन्हें विशेष पसन्द नहीं। उनकी इसी आदत से ऊबकर माँ उन्हें 'घर-घुसरा' विशेषण से विभूषित करती रहतीं।

"तुम्हारी बात सुन ली।"

आरामकुर्सी में हल्की चरमराहट हुई। सीधे होते हुए उन्होंने पत्रिका अपनी लम्बी जाँघियावाली खुली टाँगों पर औंधाई। आँखों का चश्मा जाँघिए की नाखूनी से रगड़ा और बोले, "मुझे तुमसे एक बेहद जरूरी बात करनी है। माँ ने तुम्हें कुछ बताया?"

यह उसके निर्णय की प्रतिक्रिया नहीं।

सुन्नी ने माँ की ओर साभिप्राय देखा। पिता के कहने के बावजूद माँ का चेहरा निर्विकार दिखा। बस, इतना महसूस हुआ कि उनका चेहरा कुछ जर्द है और गालों के नीचे की खुदी हुई-सी दो-तीन झुर्रियाँ और दिनों की अपेक्षा अधिक गहरा आई हैं। उसे यह भी लगा कि इसकी वजह उसका निश्चय भी हो सकता है या कमरे की पीली रोशनी।

माँ की यह आदत उसे बड़ी अजीब लगती है, अखरने की सीमा तक कि अकसर जो बातें उन्हें स्वयं बतानी या कहनी चाहिए, वे पिता जी से कहलवाती हैं।

चश्मा काफी देर तक रगड़ने के पश्चात पिता जी ने नाक पर चढ़ा लिया, "देवेन्द्र से तो तुम परिचित हो न?" कहकर वे रुके। चश्मे के भीतर से उनकी मुँह चुराती दृष्टि ने उसके चेहरे को अपनी वृद्ध, नसें उभरी उँगलियों से टटोला। वह सिर झुकाए, सरौते से सुपारी कतरती माँ को देखने लगी। माँ उसे दिखाई नहीं पड़ रहीं। आँखों के सामने साबुनी बुलबुलों के छत्ते दौड़ रहे। एक साथ तमाम रोलरों का दबाव उसकी गरदन पर उतर आया। पिता जी का तात्पर्य? देवेन्द्र को वह भलीभाँति जानती है। पड़ोस की भानूबेन का वह मँझला देवर है। जन्म से ही एक टाँग से लाचार।

"उसके लिए भानूबेन एक अच्छी उम्र की लड़की खोज रहीं। तुम्हारे विषय में भानूबेन ने खुद प्रस्ताव रखा है। लड़का पढ़ा-लिखा कम सही लेकिन सात-आठ सौ महीने कमा रहा। बोरीवली में अपना घर भी ले लिया है। तुम्हें पसन्द भी बहुत करता है।" कहते-कहते वे एकाएक रुक गए। चश्मा उतारकर उन्होंने फिर से उसके काँच को जाँघिए की नाखूनी से रगड़ा—"लँगड़ापन कोई ऐसा ऐब नहीं, सुन्नी। गल्ले की एक दुकान उसकी अपनी है। एक में बड़े भाई के संग साझेदारी है। अपने मामूली-सी खोट से दुखी वह तुझे हमेशा सिर-आँखों पर रखेगा।"

लोहे की चारपाई के सिरहाने टिकी उसकी पीठ जैसे गरम चिमटे की छुअन से तड़की। पिता जी को एक्सटेंशन कैसे मिला? उनका दिमाग अब सोचने-समझने के काबिल नहीं रहा वरना वह उसे किसी लूले-लँगड़े की बैसाखी बनाने पर न उतर आते।

बिल्डिंग की सीढ़ियों पर, जब कभी देवेन्द्र उसकी बगल से गुजरा, मिर्च-मसालों की तेज गन्ध और गल्लों की मटियाई सीलन उसकी नाक को बिदका गई। अकसर उसका मन किया कि वह पर्स में से रूमाल निकालकर नाक पर रख ले और तेजी से चढ़ती अपने घर में दाखिल हो जाए। पायजामे पर कमीज...यह भी कोई पहनावा है। वह बदशक्ल जरूर है किन्तु पढ़ी-लिखी और अच्छी पोस्ट की बदशक्ली इतनी आम भी नहीं कि कोई भी ऐरा-गैरा-नत्थू-खैरा

अपनी औकात भूलकर उससे शादी का ख्वाब देखने लगे।

वह उफनी-उफनी बदहवास-सी बालकनी में चली आई। ग्रिल से चेहरा टिका फफक पड़ी। माँ-पिता क्यों...क्यों उसे अनपढ़, गँवार, मिर्च-मसालों से भरी बोरी में बन्द कर देना चाहते हैं? क्यों नहीं उसके निश्चय की पीठ थपथपाते कि हुई न यह एक बात लीक से हटकर हिम्मत करने और जीने की! उत्तरदायित्व न निभा पाने की ग्लानि उन्हें जिस-तिस के सिर मढ़ देने के लिए अन्धा कर देगी, इसकी कल्पना नहीं थी उसे। मावसी (मौसी) ने कितनी बार जोर दिया कि अखबार में उसके ब्याह का विज्ञापन दे दो, ढाई-तीन सौ खर्चा आएगा मगर हो सकता है, कोई माफिक परिणाम निकल आए। मगर 'जाऊँगा, जाऊँगा' कहनेवाले पिता उठकर कभी किसी अखबार के दफ्तर नहीं गए।

उन्हीं दिनों सिन्हा उसके विभाग में आया।

मिसेज पंजवानी उसे तीन-चार विदेशी साड़ियाँ दिखा रही थीं। उनके भाई हाँगकाँग से आए थे और बेचने के खयाल से काफी विदेशी सामान अपने संग लाए थे। पंजवानी कुछ साड़ियाँ और नाइटियाँ उन लोगों को दिखाने और बेचने के लिए कार्यालय लाई थीं। वह एक बैंजनी रंग की सादी आकर्षक साड़ी को बार-बार उलट-पुलट रही थी और अपने मन को तौल रही थी कि अचानक एक मर्दाने भारी स्वर ने उसे सम्बोधित किया, "मुझे सिन्हा कहते हैं, सुनिता जी!"

साड़ी छोड़कर वह शिष्टता निभाने के लिए कुर्सी से उठ खड़ी हुई।

हाथ जोड़ते ही आँखों में ताजगी घुल गई। लम्बा छरहरा कद। चौड़े कन्धे। गेहुँआ रंग। चमकीली भेदती आँखों पर गोल्डन फ्रेम का बायफोकल चश्मा। कुल मिलाकर आकर्षक आवाज और अन्दाज से सठा-गठा व्यक्तित्व। विभाग के बुसियाएपन को झाड़ता, स्फूर्ति देता।

सहकर्मी गुप्ता जी और भार्गव साहब विभागीय सदस्यों से परिचय की औपचारिकता पूरी करवाने सिन्हा को लेकर निकले थे। श्रीमती पंजवानी की जिज्ञासा पर कि विभाग में सिन्हा की नई नियुक्ति हुई है या वह तबादले पर आया

है, सिन्हा ने तपाक से उत्तर दिया कि वह सरकारी मेहरबानी के चलते तबादले पर आया है : और जब तक उस पर सरकारी मेहरबानी बनी रहेगी, वह उनके बीच काम करने का सौभाग्य हासिल करता, धन्य होता रहेगा।

भार्गव साहब ने सिन्हा की विनम्रता पर चुटकी-सी ली—"साहब, बम्बई का तबादला भाग्य की लॉटरी है। जिसकी निकल आए वह टिकट खरीदना बन्द कर देता है। जिसकी न निकले वह अपने नम्बर की उम्मीद में थोक में टिकट खरीदकर भाग्य आजमाता रहता है, बन्धु। आ गए हो तो घाटे में नहीं रहोगे।"

"तो मैं टिकट खरीदना बन्द कर दूँ न, भार्गव साहब!"

"पक्का! समझिए, लग गई।" वह भी उनके ठहाकों में शरीक हो बड़ी देर तक हँसती रही। गुप्ता जी के आग्रह पर उसने अपनी मेज पर चाय मँगवाई। साथ में कैंटीन से उम्दा बटाटा-वड़ा भी।

सिन्हा को बटाटा-वड़ा खूब भाया। उसने इच्छा प्रकट की कि वह बम्बई का आम भोजन खाने को उत्सुक है। उसने आश्वस्त किया कि उन्हें ऊसल-पाव खिलाने गिरगाँव के एक ईरानी रेस्टोरेंट में ले चलेगी जहाँ बहुत स्वादिष्ट ऊसल बनता है और आज भी डेढ़ रुपये में आदमी आराम से अपना पेट-भर सकता है!

बच्ची और देवेन्द्र का फितूर, दोनों ही दिमाग से खिसक गए।

सिन्हा के साथ मिलना-जुलना पहले विभागीय शिष्टतावश हुआ। फिर साथ-साथ चाय पीने का सिलसिला शुरू हो गया। लंच भी वे अकसर साथ खाने लगे। कार्यालय छूटते ही चारों लिफ्टों के सामने लम्बी-लम्बी पंक्ति होती। वे बजाय पंक्ति में खड़े हों, समय गँवाने के लिए आपस में बतियाते हुए, सीढ़ियाँ उतर लेते। यह रोज की बात हो गई। घनिष्ठता कुछ और बढ़ी। वे 'ओपन एयर कैफेटेरिया' में एस्प्रेसी कॉफी पीते या गेटवे तक पैदल घूमते हुए वापस स्टेशन।

कार्यालय ही नहीं, घर में भी उसके भीतर के बदलाव को माँ और पिता ने लक्ष्य किया। हालाँकि उन दोनों के मध्य अभी तक ऐसा कुछ नहीं घटा

जिसे वह आसक्ति का नाम देती। अलबत्ता सिन्हा की मित्रता ने उसे अपने प्रति सजग अवश्य कर दिया। वह अपनी छवि का खयाल रखने लगी। चेहरे के उन तमाम अभिशापों को जिन्हें वह चालीस वर्षों से हीनता के रूप में ढोए जा रही, ब्यूटी पार्लर के वातानुकूलित कमरों में परिष्कृत करने लगी। अपने बढ़े हुए दाँतों पर उसने तार का फ्रेम चढ़वा लिया। हालाँकि दन्त-चिकित्सक का कहना था कि यह फ्रेम उसने उसके जोखिम पर चढ़ाया है। इस उम्र में दाँतों पर फ्रेम चढ़ाने से जड़ें ढीली पड़ जाने की सौ फीसदी आशंका होती है। आइब्रोज, फेशियल, स्टीम बाथ के लिए वह नियमित जाने लगी। कुछ रोज 'फिगरेट' भी गई—देह की फालतू मांसलता कम करने के खयाल से। अपने रख-रखाव के प्रति अब तक बरती गई उपेक्षा उसे अपनी मूर्खता और अनाड़ीपन प्रतीत हुई। एक सबसे महत्त्वपूर्ण काम उसने यह किया कि घर में ड्रेसिंग टेबल खरीद लाई।

सिन्हा को उसने माँ और पिता जी से भी मिलवाया। प्रतिक्रिया में माँ 'मौन' साधे रहीं। पिता बहुत खुश हुए। कार्यालय में अपने तई चल रही कानाफूसी के प्रति वह लापरवाह बनी रही। कान क्यूँ दे।

सिन्हा के विषय में, उसके घर के विषय में वह सिन्हा की जबानी सब कुछ जान गई।

सिन्हा चौदह वर्ष का था तो उसके पिता जी नहीं रहे। माँ की घर से, पिता जी के रहते ही नहीं पटी, न रहने के बाद सारी स्थितियाँ प्रतिकूल हो उठीं। माँ उसे, नीलू और बबलू को लेकर विधवा मौसी के घर चली आईं। एक छोटे-से कस्बे में मौसी का दो मंजिला मकान था। ऊपर का हिस्सा उन्होंने किराये पर उठा रखा था। नीचे तीन-चार कमरों में उनकी गृहस्थी सिमटी-फैली हुई थी। दालान में वे अपनी हाथ की मशीन चौकी पर रखे, मोहल्ले में सिलाई-स्कूल चलातीं।

रेलवे में सहायक हिन्दी अफसर की पोस्ट मिलने पर वह कस्बे से शहर

चला आया। रेलवे क्वार्टर मिलते ही पूरे परिवार को लिवा लाया। मौसी को भी वह जिद्द करके अपने साथ लाया। उनकी दोनों आँखों में मोतियाबिन्द पक रहा था। मौसी के पास जो कुछ था, इन्हीं लोगों के पीछे स्वाहा हो गया। यहाँ-वहाँ से उधार-उधूर करके उसने उनकी आँखों का ऑपरेशन ही नहीं करवाया, विदेशी लेंस भी लगवाया। मौसी लाल-लाल आँखों से खूब रोईं...

नीलू को मेडिकल में दाखिला मिल जाने से तंगी का असमाप्त सिलसिला उसकी उम्र निगलने लगा। मौसी उसके लिए अकसर दुखी हो उठतीं कि कस्बे में होता तो अब तक वे पोतो-पोतिनों का मुँह देख लेतीं।

नीलू के मेडिकल को तीसरा साल लगा नहीं कि उसका तबादला लखनऊ से इगतपुरी हो गया। ठीक वर्ष-भर बाद पदोन्नत होकर बम्बई। नीलू के होस्टल का खर्च ही झेल पाना मुश्किल हो रहा था कि यहाँ आकर बबलू को गणित और मराठी में ट्यूशन की आवश्यकता अनुभव होने लगी। खर्च में कहाँ से कतर-ब्योंत करे, समझ नहीं पा रहा। बहरहाल जिम्मेदारियों से वह नहीं घबराता, न आन पड़ी समस्या से पीठ दिखाने की आदत है उसकी।

"तुम बताओ, सुन्नी, मैं अपने बारे में कब सोचता! कब अपने-आपको अपने लिए नितान्त वैयक्तिक होकर जीता?"

उस शाम न जाने क्या हुआ कि वह एकदम से भावुक हो उठा। मेज पर अनर्गल लकीरें खींच रही सुन्नी की उँगलियों को उसने अपनी हथेलियों में अचानक भींच लिया, "मैं तुमसे शादी करना चाहता हूँ, सुन्नी!"

सिहरन का ज्वार उसकी तिरस्कृत देह में चैती के नशीले आरोह-अवरोह की भाँति संचरित होने लगा। वे कैपिटल सिनेमा के निकट 'ओपन एयर कैफेटेरिया' में बैठे हुए थे। अचानक उसे महसूस हुआ कि सिन्हा ने उसकी हथेली को नहीं, भीड़ में उसके समूचे अस्तित्व को सँदली बाँहों के घेरे दे दिए। सहमति की हजार-हजार घुँघरुओं की रुनझुन उसके तन-मन में झनक उठी। शब्द भीतर-ही-भीतर गले में घुमड़कर रह गए। अनिश्चय नहीं था, न कोई धुँधलका। उसने हामी में हौले-से सिर को जुंबिश दी।

उत्साहित पिता ने उमंग से सारे रिश्तेदारों को उसके और सिन्हा के बारे में लिख दिया। दादा ने 'साखरपूड़ा' (सगाई) की जिद्द की किन्तु सिन्हा ने एकदम मना कर दिया, "रिवाज न मैं अपने यहाँ के करूँगा, न तुम्हारे यहाँ के मानूँगा।"

कार्यालय में लोगों ने उन्हें नहीं छोड़ा। जिस दिन लोगों को उनके निर्णय के विषय में ज्ञात हुआ, कैंटीन में जबरदस्ती चार-पाँच क्रेट सॉफ्ट ड्रिंक का ऑर्डर हो गया। सिन्हा बार-बार कहता रहा, "भैया, अभी से हमारा दिवाला क्यों पीट रहे हो?" मगर किसी ने उसकी एक नहीं सुनी। मिसेज पंजवानी ने 'पेस्ट्री' का ऑर्डर ऊपर से भिजवा दिया—"वरी, सुनिता की तरफ से भी तो कुछ होना चाहिए।" फिर देसाई की ओर बाईं आँख दबाकर खुसफुसाईं, "डबल स्वीट सिक्सटीन होने के बाद शादी कर रही है सुनिता। कंजूसी काहे की!"

हफ्तों तक वे मकान खोजते रहे।

किराये पर उठाए रेलवे क्वार्टर में रहना सिन्हा को पसन्द नहीं था। न आस-पड़ोस ढंग का, न रहन-सहन स्तर का। गोरेगाँव की चाली में वह उसे ब्याह-कर ले जाने को वैसे ही राजी नहीं था। पूरे परिवार के साथ डेढ़ कमरे के घर में गुजर होगी भी तो कैसे? ब्याह से पहले ही कोई अच्छी, स्थायी जगह हल के रूप में खोज लेना जरूरी लगा। हारकर उन्होंने मलाड में एक थ्री रूम फ्लैट ओनरशिप पर बुक कर लिया। बारह हजार की पहली किस्त सुन्नी ने अपने बैंक-बैलेंस से भर दी। सिन्हा के पास मात्र सदस्यता भर के लिए रुपये निकले। वे भी उसे इन्तजाम करने पड़े। माँ सारे प्रकरण में कुछ उलझी-उलझी-सी बेचैन नजर आईं। अभी से अपना मकान बुक करने की तुक? पैसा जोड़कर रखो। पैसा टेंट में हो तो दरवाजे हाथी बँधते समय नहीं लगता। आगे तुम लोगों की मरजी! उन्होंने सिन्हा से भी आपत्ति प्रकट की—"तबादलेवाली नौकरी है तुम लोगों की। फिर हो सकता है, प्रयत्न करने और सिफारिश आदि के बूते पर तुम्हें जल्दी ही स्टाफ क्वार्टर मिल जाए।"

सुनकर सिन्हा ने प्रतिवाद किया— "कई बैंकों में मैंने हिन्दी अधिकारी के पद के लिए आवेदन कर रखा है। रेलवे की नौकरी में आखिर रखा ही क्या है। इसलिए स्टाफ क्वार्टर के चक्कर में मैं पड़ना ही नहीं चाहता। जो भी करना है, भविष्य की सोचकर करना है।"

सिन्हा मौसी और माँ को भी उसकी माँ और पिता जी से मिलाने के लिए घर लाया। एक बात उसे करकी। अपने सन्दर्भ में उसकी मौसी और माँ के चेहरे पर उसे विशेष उत्साह कहीं नजर नहीं आया।

तभी अचानक, हवाओं की महकती हुई खुनकी अन्धड़ के तेज थपेड़ों में लहूलुहान हो उसके रोम-रोम में क्रन्दन कर उठी।

कैसे वह बर्फीले शिलाखंड की ढलान पर आँख पर पट्टी बाँधे आत्मघाती गति से दौड़ रही थी। वजह शायद या पूरी तरह से पुरुष सहवास से अस्पर्शित, बावली हो उठी बढ़ती उम्र थी जो अपने ही कगार ढहा ज्वार से उतराई विध्वंसकारी मोड़ मुड़ने लगी। मकान के पीछे उसने अपना बैंक-बैलेंस खत्म कर दिया, प्रॉविडेंट फंड से पैसा निकाल लिया। पॉलिसी के विरुद्ध कर्ज। फिर भी सिन्हा ने सोसाइटी में सदस्यता ली तो अपने नाम से ली। वह चुप रही। माँ की कुनमुनाहट के बावजूद—'मकान तेरे नाम लेने में हर्ज? तू मुझे एक छोटा-सा कारण दे?'

कल दु:स्वप्न-सी दोपहर!

पेमेंट्स लिस्ट पहुँचाने वह एकाउंट्स विभाग में जा रही थी कि अचानक सिन्हा और स्वामीनाथन की पारस्परिक बातचीत ने भरे गिलास-सा उसे जमीन पर पटक दिया।

"कमाल है तेरा! शादी करने के लिए तुझे कोई और लड़की नहीं मिली? शी लुक्स लाइक पक्का तालीवाला! तेरह साल हो गए रेलवे में नौकरी करते। विभाग में से कोई चाय पीने का वक्त भी जाया नहीं करना चाहता उसके साथ और एक तू...मुझे भार्गव ने बताया तेरी शादी के बारे में!"

"छोड़, यार! तालीवाली ही सही। घर की हालत तुझसे छिपी नहीं।" प्रतिवाद करते हुए सिन्हा क्षणांश झिझका।

सुन्नी की काँपती टाँगें देह का बोझ उठाने से इनकार करने लगीं।

"सोच, आठ सौ रुपये महीने कमानेवाली कहाँ मिलेगी? सौदे की कोई शक्ल-सूरत नहीं होती, मेरे यार! मैं जीवन और व्यावहारिकता को एक-दूसरे का पूरक मानता हूँ। नहीं तो देखने में ठीक-ठाक आशा घर चलाने के मामले में अधिक सही लड़की है। मौसी अभी भी चाहती है कि मैं आशा से ब्याह कर लूँ।"

आगे वह सुन भी नहीं सकती थी। खड़ी भी नहीं रह सकती थी।

ऊपर आने तक उसने निर्णय ले लिया था कि वह सिन्हा से ब्याह नहीं करेगी। और यह नौकरी भी नहीं!

"क्या बात है, सुनिता? बड़ी परेशान नजर आ रही हो?" उसके केबिन में दाखिल होते ही उसके उड़े हुए चेहरे को देखकर, निदेशक मिश्रा जी ने चिन्तित होकर प्रश्न किया था।

उनके शब्दों की वजनी सहानुभूति ने उसे रुआँसा कर दिया। फिर जवाब में क्या कहती? न सूखे होंठों में कोई हरकत पैदा हुई, न तालू से जा चिपकी जबान ही ढीली। बस, साहस सँजो, त्यागपत्र अवश्य उसने उनकी ओर बढ़ा दिया। ऐसा एकदम से न कर डालती तो शायद त्यागपत्र तहाए हुए रुमाल-सा मुट्ठी में पसीजता उसके संग लौट जाता।

मिश्रा जी ने पत्र पर सरसरी निगाह डाली और विस्मय से भर उठे, "त्यागपत्र क्यों?"

जवाब में वह सिर झुकाए खड़ी रही।

"विभाग से कोई शिकायत? किसी प्रकार की प्रताड़ना? निस्संकोच कहो!"

कैसे कहे! उसका हृदय उमड़ा चला आ रहा था—बाढ़ के बढ़ते जल-स्तर की भाँति इंच-इंच अपने में डुबोता। उसकी सँजोई सारी दृढ़ता, निश्चय, आत्म-विश्वास इस्तेमाल न होने की जागरूकता ठीक ऐन मौके पर दगा दे उसे निहायत

कमजोर साबित कर, दयनीय बनाकर छोड़ गई। इस तरह वह मिश्रा जी के किसी सवाल का कोई जवाब नहीं दे पाएगी। कोई-न-कोई कारण बताना ही होगा।

प्रकृतिस्थ होने की पूरी कोशिश की उसने, "सर! मैं शादी करने जा रही हूँ।"

उनकी अनुभवी आँखों ने फौरन भाँप लिया कि सुनिता के इस्तीफे के पीछे कहीं कुछ गड़बड़ है। अभी छ: महीने पहले एकाउंट्स की वाणी मजूमदार जाती थीं, झिझकती उनके केबिन में आई और मिठाई के एक बड़े-से डिब्बे के ऊपर त्यागपत्र रखकर उसने उनकी ओर बढ़ाया था—"सर, शादी के बाद जिम्मेदारियाँ बढ़ जाएँगी तबादला भी मुझे नहीं चाहिए। विदेश जाना होगा। नौकरी सम्भव नहीं होगी।"

सिन्हा और उसके सम्बन्धों की चर्चा से वे अनभिज्ञ नहीं थे बल्कि सुनिता की शादी की बात सुनकर उन्हें हार्दिक प्रसन्नता हुई थी। इस वक्त सुनिता काफी घुमड़ी-घुमड़ी, असहज लग रही थी। उन्हें लगा, उनके हाथों में थमाया गया सुनिता का इस्तीफा किसी भावावेश में आकर लिया गया निर्णय है—किसी अप्रत्याशित ठेस और उससे उत्पन्न विचलन का प्रतिकार पत्र!

"पत्र मेरे पास सुरक्षित रहेगा।" वे कवर बन्द करते हुए बोले, "चार-पाँच दिन की छुट्टी ले लो तो बेहतर है। ठीक से सोच लो। जल्दबाजी उचित नहीं। शादी के बाद भी कई लड़कियाँ नौकरी कर रही हैं, बी ईजी...ओ.के.!"

वह उठकर केबिन से बाहर आ गई। जानती थी, एक सेकेंड के लिए भी और रुक जाती तो सर के सामने ही फूट पड़ती।

उसके जल्दी घर चले आने पर माँ को तनिक कौतूहल हुआ, यही अनुमान लगाया कि सुन्नी की तबीयत शायद ठीक नहीं।

वे खुद लेटी हुई आराम कर रही थीं। ज्यादा कुछ पूछना उन्हें उचित नहीं

लगा। लेटे-लेटे खयाल आया—तबीयत ठीक नहीं तो तनिक चाय के लिए तो पूछ ही लें। अब क्या लेटना! साढ़े चार वैसे भी हो रहे। बरतन करने बाई भी आ ही रही होगी। उठकर रसोई की ओर मुड़ीं। रसोई की कुंडी खोली ही थी कि सहसा दरवाजे की घंटी बजी।

दरवाजा खोला तो सामने ऊपर की छोटी मीनू को खड़ी पाया—"आंटी, सुनिता दीदी का फोन है, हैं...घर में?"

'दरवाजा ज्यों-का-त्यों खुला छोड़कर उन्होंने कमरे में लोहे के पलंग पर कोहनी से चेहरा ढाँपे लेटी सुन्नी को पुकारा, "सुन्नी, तुझा फोन आला!" (सुन्नी, तुम्हारा फोन आया)।

वह समझ गई कि फोन किसका होगा। एक बार को मन में आया कि माँ से कह दे कि मीनू से फोन के लिए मना कर दें। फिर सोचा, पीठ दिखाने से समस्या हल नहीं होगी। सामना करना ही एकमात्र विकल्प है। मिलने को वह कार्यालय में उससे मिलती हुई आ सकती थी लेकिन कार्यालय में किसी प्रकार की आपसी कटुता या आरोप-प्रत्यारोप के नंगे नाटक से बचना चाहती थी। फोन पर ऐसी कोई अड़चन नहीं। शायद अपनी बात अधिक ठोस तरीके से व्यक्त कर पाएगी।

चिपचिपाती हथेलियों से उसने रिसीवर उठाकर कानों से लगा लिया। अनुमान सही था—सिन्हा ही था। उत्तेजित।

"तुम बदशक्ल ही नहीं, बेअक्ल भी हो! रिजाइन क्यों किया? घर पर बैठी भाड़ झोंकोगी? और मुझसे बिना पूछे? कोई जिक्र नहीं। बोलतीं क्यों नहीं? शादी के बाद भी तुम्हें नौकरी करनी है, सुन्नी। पारिवारिक जिम्मेदारियाँ मैं अकेले नहीं ढो सकता, सुन रही हो...हैलो! हैलो..."

"मुझे शादी नहीं करनी है तुमसे! नौकरी इसीलिए छोड़ दी!" सुन्नी ने रिसीवर क्रेडल से लगा दिया। सीढ़ियाँ उतरकर घर आई तो माँ आँखों में तमाम प्रश्न भरे, चाय का प्याला लिए उसकी प्रतीक्षा कर रही थीं।

"कोणाचा फोन होता?" (किसका फोन था?)

वह सूखते होठों और पनियाई मिचमिची आँखों से उन्हें ताकती रही।

साँसें भीतर समा नहीं पा रहीं। दम बाहर को आ रहा। सहसा वह माँ के कन्धे से लगकर फफक पड़ी। हिचकियों से उसका समूचा शरीर हिलने लगा। उसके टूटे-टूटे-से शब्द भुरभुरी बर्फ-से माँ के कानों में गलने लगे, "मैं देवेन्द्र से ब्याह के लिए तैयार हूँ। अभी जाकर तुम भानुबेन से कह दो। उन्होंने कहा था न कि देवेन्द्र नौकरी नहीं करवाएगा! मैं नौकरी छोड़ आई हूँ माँ, मैं अब..."

माँ अवाक-सी उसके बालों को, पीठ को सहलाती रहीं। कैसे कहें, और किस जबान से कहें कि देवेन्द्र की सगाई हो चुकी है...आठ-दस दिन के भीतर उसकी शादी होनेवाली है...

(1978)

शिनाख्त हो गई है

सनसनाती हुई-सी उठी हौक ने मुझे चीर डाला। लगा, उठने की चेष्टा में मैं हाथ-पैर हिलाना चाहती हूँ लेकिन न तो अपनी उँगलियों को मुट्ठी की शक्ल दे पा रही हूँ, न घुटनों से टाँगें मोड़ सकती हूँ, न धड़ उठा सकती हूँ। बस, समग्र चेतना जैसे दृष्टि में आकारित हो लपकती है और टेलीफोन की घंटी से चिपककर खड़ी हो जाती है—कौन होगा फोन पर? कहाँ से आया होगा? कैसी सूचना होगी? 'कहीं...कहीं' में व्याप्त आशंका समूची देह को एकबारगी थर्रा देती है। सत्य जानना-सुनना चाहकर भी शायद मैं नहीं सुन-कह सकती जो मेरी उम्मीद के लहलहाते नन्हे पौधे को बाड़ छाँटनेवाली अजगर-सी कैंची चला, लीलने को आतुर है। मैं सहमकर आँखें मीच लेती हूँ—शब्दों से पहले चेहरे बोलते हैं, अगर रिसीवर उठाए दीदी के चेहरे ने कुछ उगल दिया तो?

"हलो, हलो...मीरा बोल रही हूँ, यस, जी 6591133 ही है...जी, जी... क्या...?"

दीदी की इस 'क्या' के साथ हौक की सर्पीली दौड़ फिर से सीना रौंदने लगती है—'धड़, धड़, धड़...'

रहा नहीं जाता। कातर दृष्टि से दीदी का चेहरा छीलती हूँ, उनका तनाव से टूटता, खिंचता चेहरा! घुटनों के नीचे ठंडी, शून्य टाँगों में सहसा हजार-हजार चीटियाँ रेंगने लगी हैं। मैं दीदी के तने हुए चेहरे को पुकारती हूँ, "दीदी, दीदी!"

दीदी सुनने में व्यस्त हैं। क्या मेरी आवाज उन तक नहीं पहुँच रही? उनकी हुँकारियाँ तो बराबर मेरे कानों में गूँज रहीं!

"प्लीज!...प्लीज!..." गिड़गिड़ाती हुई-सी दीदी ने रिसीवर रख दिया।

क्षण-भर बुत-सी टेलीफोन के करीब खड़ी रहीं, फिर मुड़कर मेरे निकट आ गईं। झुकीं। उनका हाथ मेरे माथे पर टिक गया।

"ऐसे क्या देख रही है, पगली।" उनकी उँगलियाँ माथे से सरककर मेरे बालों को सहलाने लगीं। किन्तु सहलाहट रेंग-सी महसूस हुई। इच्छा हुई कि उनका हाथ झटक दूँ...कुछ बतातीं क्यों नहीं कि...

"पुलिस का फोन था, कुकी! सोनू के हुलिये के किसी बच्चे के पकड़े जाने या दुर्घटनाग्रस्त होने की उनके पास कोई सूचना दर्ज नहीं।"

दीदा का लम्बा नि:श्वास ताजा हवा के ठंडे झोंके-सा महसूस हुआ।

धीरे-धीरे आँखें मूँद लेती हूँ ताकि इस राहत को अगली सूचना तक अपने भीतर सँजोए रख सकूँ। लेकिन ऐसा हो नहीं पाता। अगली सूचना के पूर्व ही वह आशंकाओं और अविश्वास के वृत्त में कैद, उद्विग्न-सी छटपटाने लगती है...

"कुकी!" दीदी की आवाज मुझे कहीं दूर-दराज से आती अनुभव हुई, "हिम्मत बाँध। मुझे विश्वास है, बच्चा जहाँ भी होगा, सही-सलामत होगा।" दीदी कहे जा रही हैं, "तू तो जानती है, मेरा सोचा हुआ कभी गलत नहीं निकलता। याद नहीं, अम्मा अकसर बचपन में कहा करती थीं, मैया बैठी हैं बड़ी के कपाल में।"

लैच खुलने की ध्वनि के साथ अचानक घर का दरवाजा खुला। दीदी चुप हो गईं। फिर 'आइए!' कहकर मेरे सिरहाने से उठ खड़ी हुईं।

"कइसा है, दीदी, कुकी?"

आवाज पहचान लेती हूँ—पड़ोसिन मिसेज पाटिल हैं।

"क्या बताऊँ।" दीदी के स्वर में चिन्ता गहरा आती है—"बस, इसे तब से यही समझा रही हूँ—हिम्मत बाँध।"

"वो तो है।" मिसेज पाटिल सहमति में सिर हिलाती हैं, "देखो दीदी,

आपको विश्वास होगा न, तो मैं एक बात बोलती। बान्द्रा वेस्ट को वो 'जरी-मरी' का मन्दिर है ना, उधर एक पंडित है, बोत पहुँचा हुआ। विचार करके बता देता है कि बच्चा किधर है, कब तलक वापस आएगा। कुछ जादू-टोने का लफड़ा होगा न, वो भी पता चल जाएगा—चलें क्या?"

दीदी ऊहापोह में पड़ गईं, "पीछे फोन वगैरह आया तो...?"

"सीमा है न तब तलक बैठी। अपुन ताबड़तोड़ टैक्सी से जाएँगे।"

"चलते हैं, चलो...कहीं कुछ..." कहकर दीदी अटकती हैं, फिर प्रश्न करती हैं, "कुछ लेकर चलना है साथ?"

"अभी नहीं, बच्चा मिल जाएगा तो जाके ग्यारह रुपये और फकत पाँच नारियल दे देंगे।"

करीब आकर मिसेज पाटिल ने सहानुभूति से मेरा हाथ अपने हाथ में दबा लिया—"ऐसा अफसोस करके नहीं बैठना! बच्चा स्कूल ड्रेस में है, बैग-बीग भी साथ में है, कुछ ऊँचा-नीचा घटता तो अभी तलक पता चल जाता।"

क्या जवाब दूँ? कहने के लिए है भी क्या? दीदी जैसी थीं ठीक वैसी ही पर्स उठाकर उनके संग निकल गईं। सीमा मेरे करीब आकर बैठ गई है। उसके शब्दों ने मुझे हल्के से सहलाया—"सिर दबा दूँ, मौसी।"

"सीमा!...सीमा!" मैं बेआवाज-सी बुदबुदाती हूँ, माथे पर ठहरी हुई उसकी किशोर हथेलियों को खींचकर आँखों पर दबा लेती हूँ। गोद में दुबके दुधमुँहे बच्चे की गरमाहट-सी, उसकी मुलायम गदेलियों का स्पर्श बूँद-बूँद धमनियों में उतर रहा है भीतर कुछ घुमड़ने लगता है। सीमा क्षणांश जड़वत बैठी रहती है फिर धीरे-से अपने हथेली मेरी पकड़ से छुड़ाकर उँगलियों से कनपटियों पर सरकता गीलापन काँछने लगती है—"तबीयत ज्यादा खराब हो जाएगी, मौसी! चुप हो जाइए न, प्लीज!"

आँखें खोलकर मैं सीमा को देख रही हूँ। सीमा का चेहरा मेरी भरी आँखों की जल-सतह पर किसी परछाईं-सा थर्रा रहा है। मैं उसे साफ देख भी नहीं पा रही। फिर सहसा लगता है—मैं बिलकुल नहीं देख पा रही...सीमा मेरे पास बैठी

ही कहाँ है? कमरे में सिर्फ मैं और सोनू हैं। सोनू स्कूल से लौटा है और पीठ मेरे सामने करके खड़ा हो गया है...

"बैग तो उतारिए जरा, मम्मी।"

"बाबा, बैग है या आलू की बोरी!" मैं बैग उसके कन्धों से अलग करती हुई बड़बड़ाती हूँ, "पालने से उठकर खड़े नहीं हुए कि ढेरों कॉपी-किताबें... पढ़ाई है कि आफत।"

"फिर क्या! पीठ दुखने लगती है, मम्मी।"

"रोज इतनी कॉपी-किताबें लगती हैं तुझे? या बिना टाइम टेबिल देखे सारी-की-सारी ढो ले जाता है?"

"फिर क्या!" सोनू अपने गाल-फुलाऊ अन्दाज में जवाब देता है, "पता है, कल इंगलिश फर्स्ट की नोटबुक ले जाना भूल गए तो फादर ने रूलर से पिटाई की मेरी, मम्मी! एक नोटबुक भूल गया तो टीचर को फादर के पास नहीं भेजना चाहिए न? फादर बहुत गन्दे हैं।

"मौसी, ओ मौसी..." सीमा मुझे छूती हुई पूछती है, "कॉफी पिएँगी थोड़ी?"

सिर हिलाकर मना कर देती हूँ उसे। घूँट भी नहीं भर सकूँगी...सोनू ने भला क्या खाया-पीया होगा! सुबह बस एक गिलास दूध पीकर निकला था।

"पी लीजिए न! थोड़ी-सी बना लाती हूँ, मौसी।" सीमा अनुनय करती है।

मैं फिर अकेली हो गई हूँ...कुछ घंटों पहले बीत गई दोपहर, नीम के दातून के कड़वे थूक-सी गले में रिसने लगी है।

तीन बज गए हैं। सोनू स्कूल से नहीं लौटा है।

मैं अधीर-सी बालकनी में जाकर खड़ी हो जाती हूँ। दृष्टि मीलों लम्बी हो गई है—सोसाइटी की चारों इमारतों के बीच भिंची हुई सँकरी सड़क, स्टिल्स, छतें, गेट, और फिर गेट से बाहर...दूर गायब होती हुई सड़क पर दौड़ने लगी है।

इक्के-दुक्के दूधवाले स्टैंड में बोतलें लटकाए मिल्क-बूथ से लौट रहे हैं।

कुछ बच्चे नीचे आकर खेलने लगे हैं। उनका शोर मुझे अनमना कर रहा है। भरी दोपहरी में सोनू की जिद्द के बावजूद मैं उसे नीचे खेलने नहीं जाने देती लेकिन वह है कि आँख झपकती नहीं कि फट से नीचे भाग लेता। जब मेरी नींद उचटती तो नीचे खेल रहे उद्दंड बच्चों की हुड़दंग में सोनू की आवाज सबसे तीखी होती। उसे बुलाने के लिए मैं बालकनी में आकर गुहार लगाती। पुकार सुनकर दुष्ट किसी पेड़ के तने की ओट हो लेता। बच्चे कूदते-फाँदते चिल्लाते, 'आंटी! सोनू उधर छिपा है, उधर!'

"आंटी, आंटी! सोनू आया?" कुछ बच्चे मिलने आए हैं।

"आंटी! हम लोग उसका क्लासमेट विक्रम का घर जाकर आया...वो बोलता होता—आज सोनू क्लास में नईं आया? स्कूल बस में भी नईं होता वो?"

बच्चों को जवाब देने के लिए मेरे पास कुछ भी नहीं। मैं सिर्फ उन्हें डूबी नजर से ताकती रहती हूँ। सूखे गले से कोई बोल नहीं फूटता।

कन्धों पर दीदी के हाथों का स्पर्श मुझे चौंका देता है।

"कुकी, मिसेज स्वामी और मिसेज सिन्हा...कुछ को मैं पहचानती नहीं... मिलने आई हैं। बैठ तो जरा उठकर उनके पास।"

ड्राइंगरूम में वे सारे घर इकट्ठा हैं जिनके बच्चे सोनू के साथ पढ़ते हैं, खेलते हैं, पड़ोस में रहते हैं या किसी ने उसे गणेश उत्सव के 'फैंसी ड्रेस शो' में पुरस्कार पाते सराहा है। इतनी भीड़ देखकर मैं भीतर घबराहट महसूस करती हूँ...घर में कभी पार्टी भी तो नहीं होती...दीदी से कहना चाहती हूँ—बालकनी में खड़े रहकर मैं सिर्फ सोनू की प्रतीक्षा करना चाहती हूँ।

"पुलिस में रिपोर्ट किया?" एक प्रश्न उन घरों में से उछला।

जवाब दीदी देती हैं, "निखिल जी गए हैं रिपोर्ट करने।"

मिसेज स्वामी पूछती हैं, "सुबू तुम उसको गुस्सा-वुस्सा तो नहीं किया?"

मिसेज स्वामी का प्रश्न मुझे चौंका देता है। मैं रंगे हाथों पकड़े जाने के संकोच से सिमटकर नजरें नीचे कर लेती हूँ। किन्तु अगले ही पल स्वयं को

सहेज, इनकार में धीरे से सिर हिला देती हूँ और फर्श घूरने लगती हूँ। माँ और बेटे के बीच कुछ व्यक्तिगत नहीं हो सकता!

"आजकल के बच्चे बड़े नाजुकमिजाज होते हैं। गुस्से-उस्से की तो छोड़ो, शिकन तक बरदाश्त नहीं कर पाते।"

"एक ही लाठी से सबको हाँकना ठीक नहीं। हाँ, बुरी संगत में पड़कर कोई दिमाग खराब कर ले तो बात और है।"

"सोनू किसी बुरी सोहबत में तो नहीं पड़ गया?"

"पड़ भी गया हो तो कोई अचरज नहीं।" मेरे जवाब देने से पूर्व ही कटाक्षपूर्ण स्वर में मिसेज श्याम कहती हैं, "स्कूल में आधे से अधिक बच्चे झोपड़पट्टी से पढ़ने आते हैं। मत पूछिए अन्धेर! बाइयाँ चार घर भाँडी-कटका करती हैं पर बच्चों को पढ़ाएँगी अंग्रेजी स्कूल में...आदतें बदलती हैं कहीं?"

"झोपड़पट्टीवालों को ही क्यों दोष दे रहीं, लम्बी गाड़ीवालों के बच्चों के 'लच्छन' किन चोर-उचक्कों से कम हैं? पिछले दिनों अखबारों में नहीं पोल-पट्टी छपी!—सेंट जेवियर्स से लेकर 'माडर्न स्कूल' तक के अमीर बच्चों के कच्चे-चिट्ठे कि वे बस्तों में गाँजा-चरस छिपाकर लाते हैं और दोपहर की छुट्टी में सुट्टा मारते हैं। पीते हैं तो संगी-साथियों को पिलाते भी होंगे..."

"मुझे तो सच पूछिए, यह स्कूल ही पसन्द नहीं है। अगले साल मैं अपने रवि को निकाल लूँगी।"

"सोच तो मैं भी रही हूँ। मुसीबत दाखिला मिलने की है।"

"सब हो जाता है; बस, जरा दौड़-धूप करनी पड़ती है।"

"दौड़-धूप धरी रह जाती है, भैनजी! टेंट ढीली करनी पड़ती है, टेंट...काम तभी बनता है। मैंने तो इसी स्कूल में रिंकी के एडमिशन के पाँच हजार भरे हैं।"

"सस्ते में छूट गईं आप, मिसेज राठौर ने तो पूरे दस दिए हैं पिंकी के दाखिले के..."

टेलीफोन की घंटी ने एकाएक उनके बतरस में व्यवधान पैदा किया।

दीदी उठकर सोने के कमरे में चली गईं। भीड़ के कान खड़े हो उनकी पीठ से चिपक लिए।

मेरी शिराओं में खून नहीं, पड़ोसियों की बातें सनसनाती बहने लगीं मथती! हुई। लगने लगा कि अभी देह के किसी हिस्से में एक भयानक विस्फोट होगा और मैं धज्जियों में विभक्त हो, किरच-किरच हो जाऊँगी।

हमदर्दी की संस्कृति क्या इतनी विकृत और घिनावनी होती है? संवेदनशून्य! कि लग रहा है, चीख-चीखकर इनसे कह दूँ—सब-के-सब चले जाओ। नहीं दरकार तुम्हारी सहलाहट की। सोनू तुम्हारी बघनख सहानुभूति की चचटाहट पाए बगैर भी लौट आएगा...ठीक ही होगा...मैं भी ठीक ही रहूँगी, न भी रहूँ तो क्या...

"निखिल का फोन है, कुकी। वे यातायात पुलिस के दफ्तर में हैं...अभी तो कुछ पता नहीं चला।" दीदी लम्बी उसाँस भरकर बैठ गई हैं मेरे सिरहाने।

"बेचारा सोनू! पता नहीं भूखा-प्यासा कहाँ भटक रहा होगा।"

बघनख मेरे आसपास फिर से तनने लगे हैं और...मैं किसे आवाज दूँ जो इन्हें धक्का मार-मारकर इस कमरे से बाहर फेंक दे!

"तुम अलमारी चेक किया, कुकी? कुछ चोरी-वोरी करके तो नईं ले गया, सोनू? बच्चा लोगों को जास्ती सिद्धा नहीं समझना..." मिसेज कोटियन का सन्दिग्ध स्वर भाले की तीखी अनी-सा मेरी ओर तन आया। किसी को कोंचने की सीमा होती है...

मेरी आँखों में भीतर का लावा फूटने लगता है।

दीदी संयम नहीं खोतीं—"सोनू ऐसा बच्चा नहीं है, मिसेज कोटियन! पूछे बिना वह किसी चीज को छूता तक नहीं, फिर..."

दीदी मुझे टेक देकर उठाती हैं और हितचिन्तकों के हमलों से बचाकर सोने के कमरे में लाकर लिटा देती हैं...

करवट भरकर तकिये में मुँह गड़ा देती हूँ। मिसेज स्वामी की कुरेद हथौड़ी की धमक-सी मस्तिष्क में प्रतिध्वनित हो रही—"गुस्सा-उस्सा तो नईं किया तुम? गुस्सा-उस्सा तो..."

क्या सचमुच सोनू मेरी बात से नाराज होकर कहीं चला गया है? अनुशासन की बात इतनी कड़वी तो नहीं थी कि...दृश्य आपस में गडमडा रहे हैं...

दरवाजे से बाहर होते-न-होते सोनू घूमकर खड़ा हो गया...

"मम्मी टट्टी आई...बैग पकड़ना जरा।"

"शिकार के समय कुतिया हगासी! कोई-न-कोई बहानेबाजी ताकि स्कूल-बस छूट जाए? हाँ!" मैं उसकी बाँह दबोचकर झकझोरती हुई भन्नाई थी—'चुपचाप बस्ता उठाओ और चलते बनो। परीक्षा सिर पर खड़ी है, नहीं जानते? उठाते-उठाते मैं तंग आ जाती हूँ और तू है कि उठके ही नहीं देता! जैसे तुझे स्कूल नहीं सैर-सपाटे के लिए निकलना है।"

सोनू कन्धों पर बस्ता लादे अपलक मेरा मुँह ताकता रहा। उसकी ढिठाई देख मेरी खीझ गहरा उठी, "घड़ी देख! देख, सात बज रहे हैं।"

"ममी, अगर मैं लैट्रीन जाता तो एक मिनट में बाहर भी आ जाता। अब तो सचमुच लेट हो गया। यह सब आप मुझे लौटने पर भी समझा सकती थीं न! चलिए, अब लेट नोट लिखकर दीजिए। मैं के.जी. वाली बस से चला जाऊँगा। प्लीज, मम्मी! वरना फादर सीधा स्कूल से लौटा देंगे, प्लीज!"

उलटा चोर कोतवाल को डाँटे? मेरे अहम पर जैसे खौलता पानी पड़ गया। गले की कर्कशता चीख में बदल गई—"कुछ लिखकर नहीं दूँगी, समझे! और इतना याद रखो, फादर ने अगर तुम्हें लेट होने पर लौटाया तो मैं तुम्हें घर में भी नहीं घुसने दूँगी, समझे?"

गुस्से से उबलती हुई मैं रोज की तरह उसे लिफ्ट तक छोड़ने भी नहीं गई।

डेढ़ बजे सारे बच्चे स्कूल से लौट आए पर सोनू नहीं लौटा। मन को दिलासा देती रही, किसी के साथ खेल-खाल रहा होगा, कुछ देर बाद स्वयं ही

आ जाएगा। लेकिन ढाई-तीन बजे तक जब वह घर नहीं लौटा तो मन भाँति-भाँति की आशंकाओं से घिर उठा। वैसे भी स्वभाव से सोनू संकोची है, किसी के घर आता-जाता भी नहीं। इतना लापरवाह भी नहीं कि स्कूल से लौटने के बाद घंटों वह बच्चों के संग खेलता रहे। समझ में नहीं आ रहा था, करूँ क्या? अस्थिर मन से पहले मैंने दीदी को फोन पर सोनू के न लौटने की इत्तिला दी; फिर थर्राती उँगलियों से निखिल के दफ्तर का नम्बर घुमाया। उन्हें बता दिया कि स्कूल बस आकर चली गई। साथ के बच्चे लौट आए। बच्चे बता रहे हैं कि वह बस में नहीं था।

निखिल और दीदी तकरीबन साथ-साथ ही घर पहुँचे।

स्कूल, पास-पड़ोस, बगीचों, रिश्तेदारों, रेलवे स्टेशन, पुलिस स्टेशन, ट्रैफिक दुर्घटना सूची, रेलवे दुर्घटना सूची, बाल-सुधारगृह...निखिल विक्षिप्त-से, स्कूटर लिए दौड़ रहे थे। दीदी ने ढूँढ़-ढाँढ़कर न जाने कितने रिश्ते के पुलिस अफसरों को फोन कर डाला है। सभी आश्वासन दे रहे हैं। बस, एक ही काम मुझसे नहीं हो रहा है—निखिल ने सोनू का एक ताजा फोटो निकालकर रखने के लिए कहा है जो शायद वे दूरदर्शन और अखबारों में 'गुमशुदा की तलाश' के लिए देना चाहते हैं।

शाम को निखिल के दफ्तर के कई लोग हिम्मत बँधाने आ गए। सभी दफ्तर से सीधे मिलने आए थे। सोनू के खो जाने की चिन्ता में उनके जबरन ओढ़ी कुम्हलाहट से सँवलाए चेहरे, भीतर कुनमुनाती चाय की दरकार को छिपाए नहीं छिपा रहे थे। दीदी ने बैठक में ही उन्हें चाय पिलाई, फिर मुझसे मिलाने सोने के कमरे में ले आईं। सभी लोग मेरी नाजुक हालत देखकर परेशान हो गए। कोई एक—शायद मिस्टर डेविस—दीदी को सुझाव देते हैं कि मुझे एहतियातन डॉक्टर को दिखा लिया जाए। दीदी उन्हें मेरी हिम्मत के विषय में आश्वस्त करती हैं—"माँ का दिल है, भाई साहब...पत्थर भी है, मोम भी..."

वे दीदी से कह रहे हैं, "कल का पेपर आपने पढ़ा ही होगा। आजकल शहर में बच्चों को उड़ानेवाला एक खतरनाक गिरोह सक्रिय है।"

"अच्छा!" दीदी का स्वर अनिष्ट की आशंका से काँप उठा।

दूसरे सज्जन अपनी ताजा जानकारी परोसने को बेसब्र हो आए और उनके सुर-में-सुर मिला एक अन्य हादसा सुनाने लगे—"बहन मेरी अँधेरी में रहती है, साहब! उसकी बिल्डिंग का एक बारह साल का बच्चा अचानक खेलते-खेलते गायब हो गया। और साहब! दो दिन बाद उसकी लाश पवई लेक में तैरती पाई गई। पुलिस का अनुमान है, इन अपहरणों में तान्त्रिकों का हाथ है।"

सूखे होंठों पर जीभ फिराती हूँ। दीदी क्यों नहीं डपट देतीं उन्हें? लेकिन पाती हूँ कि दीदी भी अफवाहों की परिचर्चा में रस ले रही हैं—"ओफ, कितने निर्दयी होते हैं ये गुंडे! सुना है कि बच्चों को सम्मोहित करके ले जाते हैं..."

"यही होता है...कुछ दिनों पहले एक ऐसी घटना कहीं पढ़ी...एक बच्चे को एक व्यक्ति ने पता-लिखा कागज पढ़ने को दिया। बस, उसके बाद उस बच्चे को होश ही नहीं रहा। घरवालों का अन्न-जल छूट गया। पर साहब, किस्मत के धनी थे घरवाले, दूसरे दिन सुबह दस बजे बच्चा अपने-आप घर लौट आया—थका-हारा, जैसे रात-भर सोया न हो। पूछने पर बस, यही जवाब देता, कुछ पता नहीं उसे कि कहाँ था, कैसे गया। इतना ही बताया कि एक आदमी उसे घर पहुँचा गया है, उसकी शक्ल भी उसे याद नहीं..."

सुनकर मेरी जान-में-जान आई—चलो, बच्चा घर तो लौट आया...मेरे सोनू को भी कोई इसी तरह लौटा जाए...

"पुण्य किए होंगे किसी जनम में सो बच्चा घर लौट आया।" दीदी उच्छ्वास भरकर अपनी प्रतिक्रिया व्यक्त करती हैं, "वरना भरोसा क्या! सुना है कि हाथ-पैर तोड़कर भीख मँगवाते हैं।"

"बुरा वक्त है भई, बच्चों को कभी अकेला नहीं छोड़ना चाहिए।"

"ठीक कहते हो यार, मगर चौबीस घंटे की चौकीदारी भी तो आदमी के वश की नहीं!"

मुझे सोनू के दोस्त राजू की मम्मी का स्वर सुनाई दिया—"मैंने कई बार कुकी को समझाया है, मियाँ-बीवी स्कूटर फटफटाते जब देखो, चल देते हैं घूमने बच्चों को छोड़कर। वह बेचारा राजू के पास दस-ग्यारह बजे रात तक खेलता बैठा रहता है। कहता है, आंटी, बाई के साथ रहना मुझे अच्छा नहीं लगता..."

"बड़ा मनोवैज्ञानिक असर पड़ता है इन सब बातों का उनके कोमल मन पर। मुश्किल तो यही है कि पढ़े-लिखे माँ-बाप ही बच्चों पर अधिक जुल्म करते हैं।" मिस्टर डेविस ने तर्क किया।

"हाँ, चौबीसों घंटे बच्चों का गू-मूत उठाना ही तो जीवन नहीं! खैर! ईश्वर सोनू को सही-सलामत लौटा दे...मैं तो सोनू के नाम का नारियल चढ़ाऊँगी—श्रीराम मन्दिर में।" राजू की मम्मी कहती हैं।

मन्दिर की बात कानों में पड़ते ही मैं जैसे एकदम से निराधार हो उठती हूँ। एकाएक मेरी सोई आस्था जागती है और सैकड़ों-सैकड़ों हाथ जोड़ असहाय-सी गिड़गिड़ाने लगती है। मैं आसपास के तमाम मन्दिरों को याद करने की कोशिश करती हूँ और बारी-बारी से उनका प्रसाद मान लेती हूँ...सोनू लौट आएगा तो निश्चित ही मैं सबके दर्शन करूँगी...

दफ्तर के लोग चले गए हैं।

दीदी टेलीफोन पर निखिल से बात कर रही हैं। सहसा उनका स्वर भर्राया-सा कमरे के धुँधलके में काँपता है और मैं अपने ऊपर बर्फ की भीमकाय सिल्लियों का बोझ भारी होता महसूस करती हूँ...

"निखिल सेंट जॉर्ज अस्पताल शिनाख्त के लिए जा रहे हैं...अपराह्न करीब साढ़े चार बजे एक छात्र विक्रोली में लोकल ट्रेन के नीचे दबकर कट गया है..."

दिमाग की नसें एकबारगी भाड़ में भुन रहे मक्के के दानों-सी उछलती, चटखने लगती हैं...दीदी से कहना चाहती हूँ, निखिल से कह दें, मुझे भी वे अपने साथ लिए चलें। पर गले से आवाज नहीं फूट पाती। आवाज जैसे भाप बनकर उड़ गई है और गले की भीतरी दीवारें आँवे-सी तप रही हैं...

सोनू! कहीं मेरा सोनू ही तो नहीं? सोनू इतनी दूर विक्रोली में कैसे पहुँच सकता है? कोई ले भी तो जा सकता है, कहीं तान्त्रिकों के गिरोह ने तो सोनू को...

"निखिल की आवाज डरी हुई थी, रे!" दीदी भीतर-ही-भीतर किसी अनहोनी की आशंका को घुटकते हुए कहती हैं।

घर पर अब सिर्फ मैं हूँ, दीदी हैं, सीमा है—मेरे तपते माथे पर बर्फ की पट्टी रखती, सूखे होठों को उसी पट्टी से नमियाती! फोन की घंटी नहीं बज रही? क्यों? क्यों नहीं बज रही? निखिल भूल गए फोन करना? बच्चे की लाश देखने में इतना समय लगता है? एक पूरी सदी गुजर रही है मेरे ऊपर से आरी की भाँति इस छोर से उस छोर तक खिंचते-छुटते। मैं रह सकूँगी अपने बच्चे के बिना? निखिल रह पाएँगे? नहीं, ये दीवारें बोलती हैं...किलकती हैं... आइसक्रीम खाना चाहती हैं, कॉमिक्स पढ़ना चाहती हैं...क्रिकेट का अच्छा बैट खरीदने की जिद्द ठान लेती हैं...जुहू बीच घुमाने के लिए मचलती हैं तो सोनू की ही वजह से न! उसके न होने पर इनका अर्थ?

घंटे-भर बाद निखिल का फोन आया है—"शिनाख्त हो गई है। वह किसी और का बच्चा है!"

किसी और का बच्चा है?...यानी मेरा सोनू नहीं है?...थैंक्स गॉड! मैं कृतज्ञ-सी ईश्वर को धन्यवाद देती हूँ। हाथ नहीं उठ पा रहे, पर भीतर किन्हीं अमूर्त हाथों ने जुड़कर अभ्यर्थना में माथा नवा दिया...उफ! मैं भी कैसी हूँ? घर में भगवान का एक फोटो तक नहीं रख छोड़ा मैंने!

वे सारे कैलेंडर कहाँ चले गए? बीड़ी बनानेवालों का कैलेंडर जिस पर भगवान शिव का बड़ा-सा रंगीन चित्र अंकित था? क्लॉथ स्टोरवाला लक्ष्मी जी का? गणपति जी का भी तो था कोई जो किसी कश्मीरी किमाम बनानेवाली कम्पनी ने दिया था निखिल को। शायद, शायद झाड़ूवाली और धोबन को दे दिया मैंने!

"मौसी जी! बिचारी उस बच्चे की माँ का क्या हाल होगा जो अस्पताल में डेड पड़ा हुआ है...हाऊ सैड...नो!" व्यथित सीमा बुदबुदाती ही चली जा रही है, "उसके घरवाले भी उसे यूँ ही खोज रहे होंगे न, मौसी? उन्हें क्या पता कि उनका बच्चा गाड़ी के नीचे आ गया?"

मैं आगे सुन नहीं सकती...सोनू के सुरक्षित होने का सन्तोष किसी बारूद लगी चट्टान-सा विस्फोटित हो चूर-चूर हो उठता है। एक मुखौटाधारी भीड़ उस माँ को आश्वस्त कर रही होगी। हमदर्दी के हथौड़े से कूट-कूटकर कुचल रही होगी और जब उसे पता चलेगा कि उसका बच्चा बर्फ की सिल्लियों के बीच लावारिस लाश-सा अपनी शिनाख्त की प्रतीक्षा में दबा पड़ा है तो...तो... विक्षिप्त-सी मैं तकिये पर सिर धुनने लगती हूँ...लग रहा है, तकिये की जगह एक पत्थर की सिल धरी है, फिर भी न माथा फूटता है, न खून भलभलाता है...

"क्या हुआ, मौसी जी? क्या हुआ?" सीमा मेरी इस हरकत पर भयभीत हो उठी है और दीदी को पुकारने लगती है। जरूर उसके मन में यह भाव आया होगा—मौसी का दिमाग तो नहीं चल गया कहीं? नहीं हुआ तो हो जाएगा, हरकतें तो ऐसी ही हैं।

"क्या पागलपन है, कुकी?" दीदी मुझे झकझोर रही हैं।

मेरी बेचैनी सहसा चीखों की शक्ल में फूटने लगती है। मैं पूरी ताकत से उठकर सीमा को बाँहों में दबोच लेती हूँ—"सीमा, सीमा...मेरे दिमाग से उस बच्चे की लाश हटा दो...हटा दो...सीमा, अच्छा हुआ वह बच्चा मरा, मेरा सोनू तो बच गया, सीमा..."

दीदी मुझे पकड़कर जबरन बिस्तर पर लिटा देती हैं और हल्के-हल्के माथा चाँपने लगती हैं। सीमा मेरे बर्फ हो आए तलुवों को अपनी हथेलियों से मलती है। उसकी हथेलियों की ऊष्मा मुझमें चेतना रोप रही है। उसके बाद शब्द जैसे सुखद सहलाहट में परिवर्तित हो उठे हैं—"आप उस बच्चे को लेकर इतना क्यों परेशान हो रही हैं? भगवान से सोनू की खैरियत की प्रार्थना कीजिए।"

चेतना कॉलेज के बगलवाले हनुमान मन्दिर से लौट आई हैं दीदी। निखिल भी 'बाल-सुधारगृह' देखकर लौट आए हैं।

"जितने भी बच्चे वहाँ भेजे गए हैं, सोनू उनमें नहीं है। अपना फोन नम्बर सभी जगह दे आया हूँ।" वे उतरे, थके, टूटे स्वर में कहते हैं। उम्मीद की आखिरी निचुड़ी बूँद-सी हताशा उनके चेहरे को लीले हुए है।

"पंडित जी ने विचारकर बतलाया है, बच्चा सुरक्षित है।" दीदी भभूत की पुड़िया खोलते हुए आशान्वित स्वर में कहती हैं, "इस इलाके के भीतर ही है।"

मेरी निगाह दीवार-घड़ी की ओर उठ जाती है। रात के बारह बज रहे हैं। इसी इलाके में है...तो सोनू कहाँ भटक रहा होगा...इतनी रात हो गई है! अँधेरे से उसे बहुत डर लगता है। रात को पेशाब करने के लिए भी उठता है तो मुझे आवाज लगाए बगैर नहीं। अकसर मुझे पाखाने के बाहर खड़े रहना पड़ता है।

"यह भभूत दी है पंडित जी ने, जबान खोल जरा।" मुझे खिलाकर दीदी निखिल की ओर बढ़ती हैं। निखिल चुपचाप मुँह खोल देते हैं। और कोई दिन होता तो ठठाकर दीदी का मजाक उड़ाने लगते...

"सोनू घर आ जाए तो उसे लेकर मन्दिर में हो आना। पाँच नारियल और सवा ग्यारह रुपये रख देना 'जरी-मरी' वाले पंडित जी के हाथ में...और अपने हनुमान जी के मन्दिर में मंगल को सिन्दूर चढ़ा आना।"

फिर बड़बड़ाती हैं, "हमेशा कहती रहती हूँ, जरा-सा पूजा-पाठ कर लिया कर, पर तेरा दिमाग ही उलटा है।"

मैं निरन्तर छत को ताके जा रही हूँ। सोनू को दिन में तीन-चार बार भूख लगती है। आठ बजा नहीं कि फौरन पलकें झपकने लगती हैं। पढ़ने के लिए मुँह पर छींटे मार-मारकर जगाना पड़ता है, तब कहीं बमुश्किल साढ़े नौ-दस बजे तक जग पाता है और इस वक्त बारह बज रहे हैं...

"कुकी, सोनू सुबह कोई गरम कपड़ा पहनकर गया था?" निखिल भर्राए स्वर में प्रश्न करते हैं। कोशिशों के बाद बस इतना ही मुँह से निकल पाता है, "नहीं।" वे सिरहाने तकिया खड़ा कर, अधलेटे-से आँखें मूँद लेते हैं। कुछ पल

नहीं बीतते कि एकाएक उठ बैठते हैं और टेलीफोन की तरफ लपकते हैं। कहीं का नम्बर घुमाते हैं। कुछ पूछते हैं। वहाँ से कोई जवाब देता है। प्रत्युत्तर में निखिल का कुछ ऊँचा हुआ करुण स्वर अपराध-बोध से बोझिल हो उठता है।

"क्या करें, साहब! चैन नहीं पड़ रहा, इसीलिए आपको कष्ट दे रहे हैं।" वे फोन पर शायद किसी पुलिस अधिकारी से बातें कर रहे हैं।

"ठीक है, ठीक है...मैं फोन के करीब ही बैठा हूँ।"

निखिल लौटकर उसी तकिये के सहारे अधलेटे-से हो, आँखें मूँद लेते हैं।

"निखिल, गरम पानी में थोड़ी-सी 'रम' दूँ?" दीदी उनके करीब खड़ी हो पूछती हैं, "स्कूटर दौड़ाते-दौड़ाते थक गए होंगे।"

दीदी पीने-पिलाने के सख्त खिलाफ हैं। निखिल का कभी-कभार किसी पार्टी या उत्सव में एकाध पेग ले लेना भी उन्हें नहीं रुचता, वही दीदी उदार हो स्वयं निखिल को रम देने को कह रही हैं। सुनकर विस्मय हुआ। एकदम से विश्वास नहीं हो रहा। दरअसल, निखिल की दयनीय अवस्था दीदी से सहन नहीं हो पा रही। निखिल उठते-चलते हैं तो उनकी पौने छ: फिटी काया किसी डोलते पुतले में परिवर्तित हो उठती है। ठीक ही आग्रह कर रही हैं। एकाध पेग उन्हें अनमनाहट से तो सम्भवत: मुक्त न कर पाए किन्तु लस्त देह को हल्की झपकियों में अवश्य थपका देगी।

"इच्छा नहीं हो रही, दीदी।" निखिल की विरक्ति बुझे चैलों के धुएँ-सी कमरे में घुटन बोने लगी।

मैं उनके चेहरे की ओर उमड़ी आँखों से अधिक देर तक नहीं देख पाती, कुछ दिखाई भी नहीं दे रहा। आँखें मूँद लेती हूँ। संवादहीनता से बोझिल लम्बी चुप्पी प्रेतात्मा-सी कमरे में भटकने लगती है। लगता है, जैसे हम सबको नींद आ गई है।

तभी सहसा दरवाजे की घंटी हमें चौंका देती है। दीदी झपाटे से उठकर दरवाजे की ओर लपकती हैं। निखिल भी उनके पास पहुँच गए हैं और दरवाजा खोलते ही दोनों एक साथ खुशी से चीख पड़ते हैं, "सोनू! तू कहाँ था मेरा बच्चा!"

सोनू!

सचमुच निखिल की बाँहों में सोनू को देखती हूँ। सहसा किसी अदृश्य शक्ति का संचार स्वयं में फूटते हुए महसूस करती हुई मैं स्प्रिंग-सी उछलकर उसकी ओर झपटती हूँ और निखिल की बाँहों में से सोनू को लगभग दबोच अपने सीने से भींच लेती हूँ।

आह! मेरी सूखी छातियों से दूध उतरने लगा है या अविरल अश्रुधाराएँ कंठ फलाँगती वक्षस्थल पर प्रवाहित हो रहीं!

सोनू और मेरी हिचकियों के बीच दीदी सतर्क स्वर में साथ आए हुए अजनबी व्यक्ति से पूछताछ कर रहीं...

वह आदमी दीदी को बता रहा है—"मैं फैक्टरी जाता होता रात पाली में, तभी जुहू बीच का सामनेवाला रोड पर ये हमकूँ बैग-बीग के साथ रोता दीखा। अपुन पुच्छा—इतना रात गया किधर फिरता तुम? तो जास्ती रोने को लगा—'हमको हमारा मम्मी के पास जाना है...' सोचा मैं, भले घर का छोकरा दिखता है, गुस्से में भाग-भूगकर आया होगा। अभी घर का याद आता तो पिच्छू रोता है...अपुन पता पूछा और ताबड़तोड़ टैक्सी किया। अभी सँभालना, हाँ! ऐसा किधर छोड़ना नईं...दादा लोगों के हाथ चढ़ेगा न तो वो लोग सीधा दारू की भट्टी में झोंक देगा!"

कृतज्ञ दीदी जबरन उसे टैक्सी का भाड़ा दे रही हैं। वह इनकार कर देता है "अपुन भी बाल-बच्चेवाला ठेरा।" दीदी फिर भी नहीं मानतीं। उपकृत निखिल उस आदमी को गले लगा लेते हैं...

सारी जगहें, जहाँ-जहाँ रिपोर्ट दर्ज कराई हैं, निखिल टेलीफोन से रद्द कर रहे हैं—"बच्चा सही-सलामत घर लौट आया है...ठीक-ठाक है..."

"बच्चा घर लौट आया है, ठीक-ठाक है...बच्चा वापस आ गया है।" निखिल का स्फूर्त, सधा हुआ स्वर अनायास भीड़ की आह्लादकारी हर्षध्वनि में

परिवर्तित हो रहा है। मुझे लग रहा है, मैं भी उस भीड़ का हिस्सा हो रही हूँ। कितनी खुश हूँ...उसके माथे को विह्वल-सी चूमते हुए मैं उसे गौरैया-सी अपने सीने में समेट लेती हूँ। उसके इर्द-गिर्द मेरी बाँहें कसती जा रही हैं।

सोनू बुदबुदा रहा है—"मम्मी, अब कभी मत डाँटना मुझे..."

सहसा मेरी बाँहें शिथिल हो झूल जाती हैं। लगता है, सोनू मेरी पकड़ से छूट गया है। मैं पूरी ताकत से चीख पड़ती हूँ और बेतहाशा उसकी ओर दौड़ती हूँ पर महसूस होता है कि मेरी टाँगें सूखकर डंडी हो गई हैं। और एक किस्म की पोली जमीन में गहरे धँस रही हैं। मैं इंच-भर हिल पाने में असमर्थ हूँ। बस, एक पोली खड़खड़ाहट उनमें पैदा हो रही है...मेरी चीख ने एक आरी की शक्ल अख्तियार कर ली जो मेरी समूची देह को शनैः-शनैः विभक्त कर रही है। मेरा एक हिस्सा मुझसे कटकर अलग हो रहा है...

आभास हो रहा है, मेरे आसपास कुछ आहटें चौकन्नी हैं—"पानी लाओ... डॉक्टर...शॉक..."

निखिल की आवाज, "कुकी, कुकी...देखो, सोनू खड़ा है तुम्हारे पास! एकदम सामने...आँखें खोलो!"

मेरी मूर्च्छा टूटने लगती है। एकाएक मैं आँखें खोलती हूँ। पाती हूँ, मैं अस्पताल में खड़ी हूँ और उस दूसरे बच्चे की लाश पर से सफेद चादर का टुकड़ा खींच दिया गया है।

(1977)

अग्नि रेखा

अमरेन्द्र और उसका कमरा...अब मात्र उसका कमरा बनकर रह गया। वे जो कभी दूसरे कमरे की कल्पना नहीं कर सकते थे, दूसरे बिस्तर की नहीं, एक-दूसरे से विमुख करवटों की नहीं...

अमरेन्द्र अब बैठक में पड़े दीवान पर सोते हैं। शशी के आने से पहले वे दूसरे कमरे में सोते थे जो उनका अध्ययन-कक्ष था।

अभी रात में नींद की गोलियों का असर हल्का पड़ने लगता तो वह अनुमान लगाने की कोशिश करती, क्या अमरेन्द्र दीवान पर ही सो रहे होंगे? कुछ आहटों और सरसराहटों को पकड़ने के लिए वह अपनी सारी चेतना को अपने कानों में उड़ेल प्रहरी बना लेती और पलकें पटपटाती हुई प्रतीक्षा करती रहती कि कोई आहट उसके हाथ लगे और वह अमरेन्द्र को रंगे हाथों पकड़ ले पर आहटों और सरसराहटों ने भी उससे दुश्मनी निभा रखी थी। पोर-पोर रात गुजर जाती और वे पास नहीं फटकतीं। मगर वह अपने संशय नहीं खूँट पाती। उसे निरन्तर यही महसूस होता रहता कि अमरेन्द्र दीवान पर नहीं सो रहे।

एकाध बार वह जान-बूझकर जोरों से चीख पड़ी—टोहने के लिए कि अमरेन्द्र की पदचाप किस कमरे से बाहर आती है। पदचाप उसे 'बैठक' से ही आती हुई महसूस हुई। उसने बदहवासी का स्वाँग रचते हुए उनके गाउन में सलवटें ढूँढीं पर अपने वहम को किसी कोने से नहीं सूँघ पाई। अमरेन्द्र अधीर

हो, आशंकित-से पूछते रहे कि आखिर उसे क्या तकलीफ है? अचानक वह क्यों चीखी? डॉक्टर को फोन करें?

"कुछ डर-सा लगा।"

"कैसा डर?"

"लगा कि जैसे कोई मेरा गला दबा रहा हो..."

"तुम भी, मनू..." अमरेन्द्र का चिन्तित स्वर अनायास खीझ में परिवर्तित हो आया, "पड़े-पड़े वाहियात बातें सोचती रहोगी तो ऐसे ऊट-पटाँग वहम होते ही रहेंगे। खैर, सो रहो...डरने की कोई बात नहीं। कहो तो शशी तुम्हारे पास सो जाए?" उन्होंने पास आ खड़ी हुई घबराई शशी की ओर संकेत करके उससे पूछा।

"हाँ, जिज्जी, मैं सो जाती हूँ तुम्हारे पास।"

उसने शशी को अनदेखा कर, प्रकृतिस्थ होने का अभिनय करते हुए अमरेन्द्र से आग्रह किया, "तुम सो जाओ जाकर।"

अमरेन्द्र के जाते ही शशी उसकी देह पर झुक आई। अपनी ठंडी, नम हथेली से उसके माथे को सहलाती हुई, बालों की लटों की तरतीब करती बोली, "सो जाइए, जिज्जी।" बड़ी देर तक बिरझाए शिशु की भाँति वह उसके माथे को थपकाती उसके सिरहाने बैठी रही। फिर उसकी निश्चेष्ट देह को नींद की शरण में गई मान, दरवाजा बेआवाज बन्द कर कमरे से बाहर हो गई। उसके कमरे का दरवाजा बन्द नहीं किया जाता। पता नहीं कब उसे किस चीज की जरूरत पड़ जाए और वह आवाज लगा बैठे। हालाँकि अब उसके सिरहाने अमरेन्द्र ने घंटी लगवा दी है ताकि आवश्यकता पड़ने पर उसे आवाज न देनी पड़े। जिस शाम बिजलीवाला उसके सिरहाने घंटी लगाने आया, उसने विद्रूप-भरी हँसी हँसते हुए कटाक्ष किया था अमरेन्द्र से, "चलो, यही एक कमी थी, तुमने घर को अस्पताल में परिवर्तित कर दिया, इस वार्ड में घर की हुड़क लगेगी तो कहाँ पाऊँगी उसे?"

"मुझमें; मगर..." अमरेन्द्र ने परिहास किया, "देखो, मेरे ये दोनों कान

अपने कमरे की खिड़कियाँ हैं।" वह अमरेन्द्र के अभिप्राय से कतई अछूती-सी, अपने ही विचारों में डूबी उसे ताकती रह गई थी।

अजीब हो गई है वह। अजीब-अजीब खयालात में बिंधी समझ नहीं पाती कि वह बदल गई या उसके अपने? ऐसा क्यों हो रहा है उसके साथ? इसलिए कि वह इस चौदह बाई दस के कमरे में कैद होकर रह गई? इसलिए कि उसकी दुनिया न इस कमरे के विस्तार को लाँघ पाती है, न बाहर फैली हलचलों का सैलाब उस तक पहुँच पाता है? निष्क्रियता, अपंगता, असमर्थता...क्या उसकी कुंठा बन गई है?

उसे लगा, यह सही नहीं कि निष्क्रियता ने उसकी चेतना को कुंठित कर सोच को एक ही दिशा में प्रवाहित होने के लिए बाध्य कर दिया है। वस्तुत: जो कुछ उसके इर्द-गिर्द बुना जा रहा है, उसके मूल में उसकी उपयोगिता-अनुपयोगिता का गणित उसे अपदस्थ कर, उसके वजूद को तो नहीं नकार रहा? धड़ के निचले हिस्से का मांसल गणित।

अपने ही घर की हवा में उसे अपने खिलाफ साजिशों के घोंसले टँगे नजर आते हैं जिनमें वह टुकड़ा-टुकड़ा मांस के लोथड़ों सदृश्य स्वयं को लटकता हुआ पाती। सुबह उसने डॉ. दत्ता से अनुनय किया था, "जीना नहीं चाहती मैं, डॉ. साहब। यह जीना भी नहीं हुआ। डेढ़ साल से बिस्तर पर पड़ी लिथड़ रही हूँ ठीक हो जाने की उम्मीद में...अब...दवा के बहाने जो मुनासिब समझें दे दीजिए...कुछ भी...निश्चिन्त रहें...मैं लिखकर रख दूँगी कि मैं स्वयं ही जीना नहीं चाहती।"

डॉ. दत्ता उसकी निराशा-भरी बातों से बजाय उद्विग्न होने के, सहज भाव से हँस दिए थे, "कैसी बातें कर रही हैं? आप खुद नहीं महसूस कर रहीं कि आपका स्वास्थ्य पहले के मुकाबले अधिक बेहतर हुआ है?"

"स्वास्थ्य! जी...पर...पर मन?"

उसकी बुदबुदाहट पर ध्यान दिए बगैर डॉ. दत्ता उसकी आँखों के कोरों को नीचे-ऊपर खींचते हुए, कीचड़-घुले मटियाले पानी-सी हो आई पुतलियों को

देखकर गम्भीर हो उठे। उनके गहरे नि:श्वास को उसने अपने जर्द कमजोर चेहरे पर भाप की तरह महसूस किया—तड़काती भाप।

डॉ. दत्ता ने पानी माँगा। पानी जरूर शशी ने दिया होगा। उन्होंने उससे मुँह खोलने का आग्रह किया। आँखें ढाँपे हुए ही उसने मुँह खोल दिया। पहले गोली मुँह में डाली गई, फिर पानी और उसने घूँट भर लिया। कागज फाड़ने की चिराहट से उसे अन्दाजा हुआ कि उसे जीवित रखने की कोशिश में दवाइयाँ बदली गई हैं। दवाइयों का परचा पास खड़ी शशी को पकड़ाया गया। चेतावनी दी गई—"दवाइयाँ हर हालत में दोपहर तक अवश्य आ जानी चाहिए। दोपहर से इन्हीं की खुराकें दी जाएँगी...अकेला हरगिज न छोड़िए, पत्र-पत्रिकाएँ करीब ही रखी रहने दीजिए, पढ़ती रहेंगी तो मानसिक व्यस्तता रहेगी। रेडियो, टेपरिकॉर्डर यहीं कहीं बगल में रखवा दीजिए। बाई से कह दीजिए कि अगर ये मनपसन्द गाना वगैरह सुनना चाहें तो वह कैसेट लगा दे...मेरा मतलब है, ये मानसिक रूप से अधिक-से-अधिक व्यस्त रहें, यह जरूरी है। जीने की प्रबलता का छीजना दवाइयों के अनुकूल असर को कम कर देगा।"

डॉ. साहब के जूतों की 'चर्रचूँ' के साथ अमरेन्द्र और शशी के तलुवे-घिसे स्लीपरों की सड़प-सड़प कमरे से बाहर हो गई। वह प्रयत्न के बावजूद वजनी परात-सी सँभाले न सँभल रही अपनी पलकें नहीं खोल पाई। पता नहीं, डॉ. साहब ने जो खुराक उसे दी थी, वह कोई दवाई थी या मात्र नींद की गोली। निश्चित ही नींद की गोली रही होगी। छिपा नहीं है उससे कि ज्यादा-से-ज्यादा उसे नींद में रखने की कोशिश हो रही है, मानसिक सकून के बहाने।

इन जंजालों के छद्म से मुक्त हो उसे एकमुश्त नींद देने में हर्ज?

मृत्यु का आतंक अपनी विकरालता खो चुका है उसके निकट!

बिछावन पर पड़ी पिछले डेढ़ वर्षों से वह उसी के मदारी संकेतों पर मात्र उतनी ही हिल-डुल रही है जितना वह उसमें हरकत देखना चाहती है। तब उसकी अधिक न जीने की कामना उसका अधिकार नहीं? दया, मृत्यु की हो या जीवन की, उस पर निर्भरता आत्म-दोहन ही तो है—बूँद-बूँद स्वयं से निचोड़ती। जन्मते

ही मृत्यु की दयालुता के वेग-आवेग में आलोड़ित होते-बहते उसकी अन्तिम परिणति की ओर अभिमुख होने को अभिशप्त होते, नहीं अनुभूत करते कि मृत्यु ही जन्मती है...मृत्यु ही मुक्त करती है!

नींद खुली तो साँझ को गहराते पाया।

उसे 'पॉट' की जरूरत महसूस हुई। घंटी न बजाकर उसने बाई को पुकारा।

'पॉट' से निवृत्त होकर उसकी बालकनी में बैठने की इच्छा हुई।

बाई दौड़कर पहियाकुर्सी ले आई। सहायता के लिए शशी को भी बुला लाई। अकेले उसे उठा पाना उसके लिए सम्भव नहीं। सहारा देकर दोनों ने सावधानीपूर्वक उसे पहियाकुर्सी पर बैठाया। फिर हौले-हौले कमरे से बाहर ले आईं। बालकनी के दाहिने कोने में बैठना ही उसे विशेष पसन्द है। कुर्सी हमेशा की भाँति उन्होंने उसी जगह लाकर खड़ी कर दी। दो कुशन मँगवाकर शशी ने उसकी पीठ के दाएँ-बाएँ लगा दिए ताकि वह आराम से जब तक चाहे, बैठ सके। शशी को मालूम है कि पूरे घर में बालकनी जीजी की प्रिय जगह है। बालकनी में वे बैठती हैं तो घंटों बैठी ही रहती हैं।

समन्दर से सटे हुए इस 'मनुबेला अपार्टमेंट्स' में फ्लैट लेने के समय अमरेन्द्र और मनु में चुनाव को लेकर खूब कहा-सुनी हुई थी। फ्लैट पसन्द होने के बावजूद अमरेन्द्र को फैक्टरी से वह खासा दूर लगा। उसका अनुमान था कि इस घर से उसको फैक्टरी तक पहुँचने में कम-से-कम पौना घंटा लग जाना निश्चित है। साथ ही उसकी एक और परेशानी ने सिर उठाया—स्वास्थ्य की दृष्टि से। किशोरावस्था से ही वह स्नोफीलिया का मरीज रह चुका था। समुद्री हवा उसके लिए नुकसानदेह साबित हो सकती थी। किन्तु अमरेन्द्र के सारे तर्क धरे रह गए। हुआ वही जो मनु ने चाहा। वह करती भी क्या, जब से बम्बई आई, यह महानगर उसे कभी पसन्द नहीं आया। पसन्द आया तो सिर्फ हहराता समन्दर। इस महानगर को समन्दर से अलग कर दो तो शेष भला बचता क्या है?

पहली बार जब वह इस घर को दलाल के संग देखने आई तो घर से

ज्यादा बाहर का मनोहारी दृश्य देखकर मंत्रमुग्ध हो उठी। बालकनी की रेलिंग से सटा बरसोवा तट का ठाठें मारता, चाँदी-सोने की झाँझें-छागलें ठुमकाता निस्सीम सागर। कमरे की प्रत्येक खिड़की के चौखट से लिपटी अनन्त जलराशि का विस्तार, अल्हड़ किशोरी-सी दौड़ती, सीटियाँ मारती, भुजाएँ फैलाए अपने आलिंगन में भर लेने को अकुलाई हवा। पलों ठगी-सी खड़ी रह गई, न हिली, न डुली।

भाटे की वजह से पानी तट का संग छोड़कर बहुत पीछे पलट गया था।

"कॉफी पिओगी, जिज्जी?" शशी का उल्लसित स्वर उसके कन्धों पर झुक आया। वह उसकी कुर्सी के पीछे आ खड़ी हुई।

आज दिनों बाद, नहीं, महीनों बाद जिज्जी बालकनी में आकर बैठी हैं। एक वक्त था, वे अमरेन्द्र के दफ्तर से लौटने के बाद यहीं बैठकर चाय पिया करती थीं।

"कॉफी नहीं, हरी पत्तियोंवाली चाय। अगर केतली में बना लाओ।"

"केतली में बना लाती हूँ।" शशी अनायास उमंग से भर उठी। जिज्जी जिस भी क्षण सहज होती हैं, घर का वातावरण चोला बदल लेता है।

शशी रसोई की ओर लगभग झपटती हुई गई।

शशी का छोटे से घर में झपटते हुए जाना उसे अच्छा लगा।

सामने साँझ के झुटपुटे में सूरज का सुर्ख सिन्दूरी गोला, सुनहरी ललाई में तरंगित हो रही लहरों की गोद में मुँह छिपाने को आतुर हो रहा था।

एक शाम वह और अमरेन्द्र इसी तरह बालकनी में बैठे चाय पी रहे थे।

क्षितिज पर डूबते सूरज का लाल गोला ठिठका हुआ था। अचानक अमरेन्द्र क्षितिज पर से दृष्टि घुमा, उसकी ओर उन्मुख हो बुदबुदा उठे, "लगता है, तुमने अपने माथे पर डूबता हुआ सिन्दूरी सूरज टाँक लिया है, मनु।"

सुनकर वह अन्यमनस्क हो उठी। समझ नहीं पाई कि अमरेन्द्र के इस वाक्य को वह प्रशस्ति के रूप में ले या किसी बहाने अनायास अभिव्यक्त हुई

नियति की पूर्व टिप्पणी! दूसरी सुबह उसने माथे पर सिन्दूर की बिन्दी का आकार छोटा कर लिया। अमरेन्द्र का ध्यान गया तो उन्होंने उसके वहम का उपहास उड़ाया, "किसी बात को तुम सहज होकर नहीं ले पातीं। वहम का पुछल्ला लगा लेना जरूरी है?"

शशी की मीठी गुनगुनाहट रसोई से तरंगित हो उस तक पहुँच रही। गुनगुनाहट भी इतनी ऊँची सधी कि गीत की लय पूरे घर में गूँजे और बोल स्वयं सुननेवाले के मुँह से बरबस फूट पड़े। लय के आरोह-अवरोह के संग खुलते, बन्द होते उसके होठों पर गीतों के बोल फूटने लगे...

गला शशी की तुलना में उसका भी कम सुरीला नहीं। लेकिन गाने के शौक की पैरवी जब भी उसने अम्मा से की, अम्मा ने बेदर्दी से झिड़ककर उत्साह उतार फेंका, "लो, सुनो लवली की! हमने कौन गंडा बँधवाया किसी तानसेन से? अरे मौके-बेमौके सखी-सहेलियों के संग ढोलक पीट-पाट सोहर, बन्ने, टोने, सुहगिलें सीख, गा, गला साध लिया सो अब तक चल रहा। राम भजो! कल होगा यह कि पान लगाना सिखाने के लिए भी कक्षाएँ खुल जाएँगी कि कत्था, चूना लगाने के बाद बीड़ा कैसे बाँधते हैं..."

गुनगुनाहट के साथ सरसों के तेल में गोभी के पकौड़े छाने जाने की छन्न-छुन्न की तेज झार कमरे फलाँगती बालकनी तक चली आई। दवाइयों के असर से उसकी कसैली हुई जबान में पकौड़ों का करारा स्वाद कुनमुनाने लगा। बम्बई में घर-घर मीठा तेल (मूँगफली) खाने का प्रचलन है मगर उसे मीठे तेल में छौंकी सब्जी कभी स्वादिष्ट नहीं लगी। सहसा गुनगुनाहट घूमते रिकॉर्ड पर से उठा ली गई सुई-सी बन्द हो गई। अचानक किसी बात पर शशी का लगाया गया ठहाका हवा में लहरा गया।

अरसा हो गया, शशी का उन्मुक्त ठहाका सुने हुए, उसे झिड़के हुए कि लड़कियों को मुँह फाड़कर नहीं हँसना चाहिए। कितनी बार वह स्वयं उसकी तरंग की लपेट में आ तबले की पहली थाप-सी संग ठठा पड़ती पर आज शशी के ठहाके ने उसे गुदगुदाया नहीं। यह क्रूर अरसा जो नियति के सर्वग्रासी भूकम्प की

भाँति उसकी जिन्दगी की ईंट-ईंट धसकाकर उसे एक मलबे की शक्ल में छोड़ गया है! उसने उसकी ही शक्ल नहीं बदली, अपनों के चेहरे भी चटखा दिए। शेष जितने और जैसे भी वे एक-दूसरे के सामने हैं, कितने अनचीन्हे, आत्मकेन्द्रित! अपनी पुरानी शक्लों में वे कभी लौटते भी हैं तो अनायास छलक आई किसी हँसी के टुकड़े के सहारे या आहिस्ता से छू लेने वाली किसी रेशमी गुनगुनाहट की डोर पर पाँव टिका!

अम्मा ने लिखा था—'मैं तो चाहती हूँ कि इस खुशी के अवसर पर मैं तुम्हारे करीब रहूँ; लेकिन बेटे-बहू के जंजाल में इस कदर उलझी हूँ कि न तुम्हारे पास आ सकती हूँ, न तुम्हें जापे के लिए अपने पास बुला सकती हूँ। बहू छठे महीने से है। राजरानी को सब कुछ बिस्तर पर चाहिए। उसे अकेला छोड़ने का मतलब समझती हो न। जानती हूँ, तेरा भी समय नजदीक है और अमरेन्द्र के घर से तेरी सहायता को खड़ा होनेवाला कोई नहीं। पर तू घबराना बिलकुल नहीं। अच्छे अस्पताल में ऊँच-नीच बड़े-बड़े डॉक्टर सँभाल लेते हैं। नर्सें हर तरह का ध्यान रखती हैं। फिर भी, किसी अपने के पास बने रहने से अन्तर पड़ता ही है सो शशी को तेरे पास भेजना चाहती हूँ। अब छिपाना क्या—भाई-भाभी के होते हुए भी शशी का दायित्व अब तेरे जिम्मे। उसे वहीं किसी कॉलेज में दाखिल करवा देना। तुझे भी सहारा रहेगा और तेरे आसरे वह भी कहीं हिल्ले से लग जाएगी। जानती हूँ, दामाद का मन बड़ा तो है ही, ऊपर से तुझे मानता भी कम नहीं। चिट्ठी पढ़कर फाड़ देना।'

शशी ने बताया था—"भाभी आया को तो बीसियों बार पेट भरकर खा लेने की हिदायत देती रहेंगी, खुश होंगी तो उसे सिनेमा देख आने के लिए नोट पकड़ा देंगी, दोपहर में थोड़ी कमर सीधी कर लेने का भी आग्रह दोहराती रहेंगी, छींक आई नहीं कि फौरन दवाखाने भिजवाएँगी, इस भय से कि कहीं तुनकी-फुनकी में वह काम छोड़कर न चल दे। पर अम्मा का रहना, उनका उठना-बैठना उन्हें फूटी आँख नहीं सुहाता।"

वजहें बहुत-सी गिनाईं, जैसे—अम्मा का बेहिसाब पान खाना। जिस-तिस

को घर पर बैठा लेना। बिना खाना खिलाए उसे न जाने देना। एक दिन तो भाई साहब के सामने ही भाभी ने नंगई की—"पेंशन आपको मिलती है अस्सी रुपये। औरों की इतनी खातिर-तवज्जो किस बूते करने चलती हैं आप?"

सुनकर अम्मा आहत हो उठीं। रोते-बिलखते बोलीं, "तुम्हारी मोहताज हूँ सो जो चाहो सो सुना लो, दुलहिन! पर असलियत तो यह है कि जब से शशी के बाबू मरे, हम धोती तक मनू की उतरी पहन रहे हैं..."

उसकी स्मृतियों में वह किशोरी शशी ऊधम मचाती हल्ला बोले रहती जो अपनी चिट्ठियों में घर के हाल-चाल के बजाय अपनी फरमाइशों की फेहरिस्त भेजा करती—"दीदी, अबकी बार जब आप मुम्बई से आएँ तो मेरे लिए एक बादामी स्लेक्स जरूर ले आएँ। विदेशी मिल जाए तो और भी बढ़िया। हाँ, बाटा की एड़ीवाला सैंडिल भी, अपने से एक नम्बर छोटी—जिस डिजाइन की आप पिछली बार आगरा पहनकर आई थीं। यहाँ चप्पलों की ढेरों दुकानों के बावजूद किसी दुकान में आपकी जैसी नई तर्ज की सैंडिलें नहीं दिखीं। और दीदी, एक 'कंडक्टर टाइप' वाला पर्स भी संग लेती आना, मेरी सहेलियों के पास है।"

राजामण्डी पर उतरते ही पाती, भैया के साथ जिदियाकर शशी भी उसे स्टेशन लेने आई हुई है। एक चिबिल्ली खिलखिलाहट उसके इर्द-गिर्द तड़के चुए पके महुवों-सी महकने लगती। एक बेसब्र लड़की आहिस्ता से उसकी बाँह जकड़, सटकर ताँगे में बैठ जाती—"जिज्जी, जीजा जी कैसे हैं? वे कब तलक आएँगे? आप कितने दिनों तक रहेंगी? हम नहीं जाने देंगे आपको, जल्दी..." और जल्दी-जल्दी जिज्ञासाएँ शान्त कर वह फौरन अपने मतलब पर आ जाती—"जिज्जी, आप मेरी लिखी हुई चीजें लाई हैं न?"

वह ताँगे पर हिचकोले खाती, हँसी से दोहरी होने लगती, "घर तो पहुँचने दे, पगली।"

"बता दो न, जिज्जी। लाई हो न?"

जो शशी अमरेन्द्र के साथ बम्बई आई, सचमुच कोई और लगी। एकदम

बड़ी हो गई शशी। नहीं, एकदम से कैसे? एक लम्बा अन्तराल बीत गया उसके बड़े होने के बीच। चार साल बाद देखा उसे। भाभी और भैया के अनपेक्षित व्यवहार से विक्षुब्ध। प्रतिकार से भरी। लगा, पापा के मरते ही सब कुछ बदल गया। पापा नहीं रहे तो वह घर भी उसका नहीं रहा। उसकी तो छोड़ो, अम्मा और शशी का भी नहीं। आवेश से भरकर सोचती कि घर जाएगी तो सारी ज्यादतियों को तटस्थ होकर नहीं पचा पाएगी। बोलेगी जरूर। मगर अपना ही विवेक मुँह पर हथेली रख देता कि भाभी पर असर होने से रहा। असर तब होता जब अपनी सर्वोपरिता के अहम से बाहर निकलने की कोई कोशिश होती उनकी। उलटा उन्हें देर नहीं लगेगी, उसकी तर्कसंगत बातों को दखलअन्दाजी का जामा पहनाते। फिर अम्मा को रहना उसी घर में है। उन्हीं लोगों के साथ। नतीजा, सिर्फ तनाव।

सच ही लिखा था अम्मा ने कभी कि एक व्यक्ति तमाम इकाई को जोड़े रहने का सूत्र बना हुआ था...उस सूत्र के टूटते ही घर के हर सदस्य को अजनबीयत ने चंगुल में ले लिया।

चित्रकला का उसे कितना शौक था! संगीत की तरह।

पापा के लेटर पैड पर वह रंगों से आकृतियाँ सृजा करती। अम्मा ने रंगे हाथों पकड़ लिया तो दे दनादन उसकी मरम्मत हुई—'सैकड़ों रुपये फूँके हैं इन मरे पैडों को छपवाने के पीछे और तू बैठी इन पर लीपा-पोती किया करती है? खबरदार जो कल से छुआ इन्हें।'

उस रोज, स्कूल से घर लौटी तो घर में घुसते ही पाया कि कल रात जो उसने गृहकार्य में भूगोल कंठस्थ करना छोड़कर पापा के लेटर पैड पर हनुमान जी का रेखाचित्र बनाया था, वह छोटी-सी बैठक में बड़े सलीके से कार्ड-बोर्ड पर चिपकाकर लटकाया हुआ है। नीचे किसी ने सुघड़ अक्षरों में उसका नाम लिख दिया था—'मनु'।

ऐसे ही एक रोज उसने पाया कि सोनेवाले कमरे के एक कोने में पड़ी पापा की अध्ययन मेज की ऊपरी दीवार उसके अजीबोगरीब रेखाचित्रों से अटी पड़ी हुई है! दीवार के इस दुरुपयोग से अम्मा आपे से बाहर हो उठीं—"यह तो

चील-बिलौटे लीपती, पोतती ही रहती है पर तुम्हारी अक्ल पर भी पत्थर पड़ गए। चादर से पाँव निकाल पिछले साल किसी प्रकार घर पुतवाया और तुमने चौपट करवाके धर दिया?"

अम्मा के कमरे से बाहर होते ही वह दौड़कर पापा के पास पहुँच गई थी। पापा ने उसे बाँहों में झुला लिया—"पिटवाएगी किसी रोज तू।"

"तो फिर हो जाइए पिटने के लिए तैयार।"

"क्यों, फिर तूने कोई नया चित्र बनाया है?"

"फिरऽऽऽ!"

"दिखा...दिखा!"

उसने हौले से उनकी मेज पर फैले किताबों के ढेर में से एक कागज खींचा—"देखो!"

"बाप रे!" कागज देखकर पापा चौंके, "यह तो तुम्हारी अम्मा की तसवीर है। मगर कायदे से, हाथ में झाड़ू के बजाय बेटे बेलन होना चाहिए। धनुष-बाण में पारंगत आदिवासी को तुम राइफल पकड़ा रही? चल, तुरन्त ठीक कर। बैठक में लगाते हैं फटाफट।"

वह अम्मा का रौद्र रूप याद कर डर गई। चिरौरियाँ करने लगी—"नहीं, पापा, नहीं। मत लगाइए इसे।"

पर पापा सुनने को तैयार ही नहीं हुए—"तुमने मेरी बीवी का इतना सजीव चित्र बनाया है, इस महान कलाकृति को मैं बगैर टाँगे कैसे रह सकता हूँ? चित्रकार हो, हिम्मत से काम लो! शेरनी का चित्र बनाया है, डरने से कैसे काम चलेगा, हाँऽ!"

घंटे-भर बाद अम्मा ने बैठक में अपनी तसवीर लटकी देखी तो बजाय कुपित होने के हँसते-हँसते लोट-पोट हो गईं।

पापा!

पापा!

कुरसी के दाहिने पहिये के हत्थे पर अपनी बाँह को आधार बनाकर उसने माथा मानो पापा की छाती पर टिका दिया। अनायास हिचकियों में फूटी नितान्त विपन्न होने की आकुल अनुभूति, ढलान से लुढ़के गोटे की भाँति डग्ग-डग्ग गुलाटी करवाती, उसे अनाथ कर गई।

बड़ी देर बाद प्रकृतिस्थ होने की कोशिश में सफल हुई तो महसूस किया कि कुरसी की पिछाड़ पकड़े शशी आ खड़ी हुई है।

"तुमने चाय पी?" शशी के आँसू काँछती हथेलियों को गह लिया उसने।

"पकौड़े तलने के चक्कर में मैं अपना कप रसोई में ही उठा ले गई थी। तुमने न पकौड़े छुए, न चाय! कहाँ गुम हो जाती हो जिज्जी?"

शशी के सवाल का कोई जवाब उसके पास है कहाँ? उसे सहज करने के लिए, स्वर के गीलेपन को बुहारकर कचरे के ढेर की भाँति आँगन के कोने में कर दिया—"दोबारा गरम कर ला।"

"नुकसान करेगी, ताजा बनाकर ले आती हूँ। तब तक पकौड़े तो खाओ, कितने चाव से बनाए हैं।"

पकौड़ों की प्लेट तिपाई पर रखकर, शशी चाय की ट्रे उठाकर रसोई में चली आई। सच तो यह है कि अपनी चाय कप में ढालकर वह जान-बूझकर रसोई में लौट आई थी। दरअसल वह उनका सामना करने से बचना चाहती थी। जिज्जी जब भी अपने भीतर तुपे तहखानों में उतरती हैं, सहस्त्र-सहस्त्र काले सर्पों-से फन पटकते समन्दर के सीने में अमावस की गाढ़ी रात झेलती, अनिश्चित दिशा की ओर बढ़ती किसी पस्त डोंगी-सी हो उठती हैं।

वह ग्लानि में ऊभ-चूभ होने लगती—अपराध न करके भी अभियुक्त करार दे दिए जाने की ग्लानि।

एक अरुचिकर तिक्त एहसास खून छलछला आने की सीमा तक निर्ममता से उसे खरोंचता-कचोटता उसे एहसास दिलाता रहता कि जिज्जी की वात्सल्य-भावना से वंचित वह उनके लिए मात्र एक देहभर हो उठी है और उनके हृदय में अब तक समाई कामनाओं से युक्त स्त्री उससे प्रतिस्पर्द्धा के

लिए आमादा है। उसे यह भी लगता है कि जिज्जी की बीमारी की वजह से नहीं बल्कि उसकी वजह से इस घर की चारदीवारियों में मनहूसियत के साये पसरे हुए हैं जिन्हें लाँघकर न जिज्जी उस तक आ पातीं, न वह जिज्जी तक पहुँच पाती है।

जिज्जी को शक है, उनकी देखभाल के बहाने उसने घर का दायित्व ही नहीं अपने कन्धों पर उठा लिया है बल्कि अमरेन्द्र को भी हस्तगत कर लिया है।

एक वह है कि ऋणी नहीं, अधिकार-भाव से उसकी हर सम्भव कोशिश होती है कि कहीं जिज्जी की देखभाल में कोई कोर-कसर न रह जाए। न इस घर की जो जिज्जी का है। न अमरेन्द्र की जो उनके हैं। मगर जिज्जी ने अपनी निष्क्रियता को आत्महीनता बना लिया है और घर की प्रत्येक हलचल को सन्दिग्ध दृष्टि से तौला करती हैं। उन्हें हर सरगरमी अपने खिलाफ एक षड्यन्त्र महसूस होती है जबकि वास्तविकता ठीक इसके विपरीत है। न अमरेन्द्र बदले न वह। कहीं कुछ बदला है, टूटा है तो उनका स्वयं का विवेक। कैसे समझाए कि उनकी धारणा हवा में खड़ी कर ली गई एक ऐसी खोखली इमारत है जिसका अस्तित्व संशय की बुनियाद मात्र है।

परसों रात की बात है—

अमरेन्द्र काफी देर से घर लौटे। आते ही उन्होंने उससे मनु के विषय में पूछा। डॉक्टर दत्ता की रिपोर्ट के बारे में भी। फिर मनु के कमरे की ओर मुड़ लिए। शीघ्र ही वे कमरे से बाहर लौट आए। शायद जिज्जी सो रही थीं। उससे खाना लगाने के लिए कहकर बस इतना ही पूछा, 'मनु ने खा लिया?' उसके 'हाँ' कहते ही वे हाथ में तौलिया लिए नहानघर में घुस गए। फैक्टरी से लौटकर नहाना अमरेन्द्र की पुरानी आदत है। वैसे भी ज्यादातर समय उनका मशीनों के संसर्ग में ही बीतता है। उनके ग्रीस-सने, कालिख-पुते कपड़ों को लेकर जिज्जी खूब झिकझिक करतीं। झक सफेद कपड़े पहनकर प्लांट जाएँगे और लौटेंगे तो पैंट-कमीज कालिख-सनी हुई होगी। जिज्जी की खीझ पर उसने अकसर उन्हें

चुटकी लेते पाया—"भई, इंजीनियर से शादी करके काजल की कोठरी ही हाथ लगनी थी! अब कोसने से फायदा!

बैठे खाने तो तारीफ करने लगे, "वाह! क्या भरवाँ करेले बनाए हैं, बिलकुल मनु की तरह! खीर! मखाने की खीर तो मेरी कमजोरी है, मनु जानती है।"

खाने के उपरान्त अमरेन्द्र टेबल लैम्प जलाकर पढ़ने के लिए अधलेटे-से हुए नहीं कि उसने उन्हें आग्रहपूर्वक कुछ देर अपने साथ बैठने का अनुरोध किया। जानती थी कि पढ़ना उनके सोने के उपक्रम का आवश्यक अंग है। दो-चार पृष्ठ उलटे-पलटे नहीं कि फौरन नाक बजने लगेगी।

"आज यह मेहरबानी क्यों, कोई खास बात?" उनकी भूरी पुतलियों में कौतूहल सिमट आया और भारी होती पलकों पर थकान।

"हाँ, है तो खास। हमारे साथ बैठकर कुछ मीठी-मीठी बातें करनी होंगी। बतियाते ही नहीं आजकल आप।" नकली ताने मार वह चींटी और हाथी के एक के बाद एक चुटकुले सुना उन्हें ठहाके भरने पर मजबूर करते हुए बातों में उलझाए रही। जैसे ही घड़ी की सूइयाँ बारह पर पहुँचीं, तत्परता से वह अलमारी के पीछे छिपाए नर्गिस के फूलों का गुलदस्ता उठा लाई और उन्हें गुलदस्ता भेंट करती हुई उल्लसित मुद्रा में जन्मदिन की बधाई देने लगी।

आकस्मिक बधाई ने उन्हें भौंचक्का कर दिया।

"आज?"

"जी आज! यह देखिए, तारीख बदल गई है। नौ मई हो गई है कि नहीं?"

"तुम्हें याद है?" आश्चर्य-मिश्रित भावुकता से भारी हो आया उनका स्वर।

"हूँ, जिज्जी आपको ठीक इसी तरह..." उसकी बात अधूरी रह गई।

भाव-विह्वल अमरेन्द्र ने अचानक विस्मृत हो उसे बाँहों में भर लिया। उसे महसूस हुआ, उसकी बाँहें, उसकी गरदन, पलकें, माथा, सब अमरेन्द्र के होठों की तपिश में जलने लगे हैं।

अरसे बाद उसने उनके चेहरे पर सन्तुष्टि और सुख की वह झलक देखी

जो पता नहीं कब जिज्जी की जटिल बीमारी की तनावपूर्ण दिनचर्या में होम होती बिला गई थी।

और...और उसका सारा उपक्रम भी शायद इसी झलक को पाने का प्रयास था।

एक ऐसा अनायास क्षण जो उनके मध्य अपने-आप ही उग आया और वह क्षण उसे अरूप के प्रति कतई विश्वासघात नहीं प्रतीत हुआ। कभी-कभी किसी को सुखी देखकर भी तो अनिर्वचनीय आनन्द प्राप्त होता है और वह आनन्द किसी भी किस्म की आत्महीनता या ग्लानि-बोध से मुक्त होता है। यह परितृप्ति ऐसी महसूस हुई कि जो किसी के अधिकार-क्षेत्र में अनधिकार हस्तक्षेप नहीं लगी—न जिज्जी के, न अमरेन्द्र के, न अरूप के।

अरूप! जिसे वह प्यार करती है। शायद जिज्जी को इस बात का अनुमान नहीं किन्तु अमरेन्द्र को है। जिज्जी को वह उचित अवसर पाकर अपने और अरूप के विषय में बताना चाह रही। संकोच आड़े आ रहा उनकी दैहिक और मानसिक अस्वस्थता का। वे इस सम्बन्ध को कहीं आपसी विश्वास और भरोसे पर भीतरघात न समझें। अरूप की अन्त:कथा से वे परिचित हैं कि शादी के साल-भर के भीतर ही उसका अपनी पत्नी से विवाह-विच्छेद हो गया और वह उम्र में भी शशी से लगभग आठ-नौ वर्ष बड़ा है।

सुबह उसने जिज्जी को चाय पकड़ाते हुए स्मरण कराया कि उन्हें याद है कि आज नौ मई है, अमरेन्द्र का जन्मदिन!

"सच!" जिज्जी के म्लान मुख पर अविश्वास की काई सघन हो आई मगर अगले ही पल निस्तेज आँखों में दीये की पाँतें झिलमिलाती दिखीं। वे स्वयमेव बुदबुदा उठीं, "क्या हो गया! कैसे भूल गई मैं! शायद बिस्तर पर पड़े-पड़े अब दिन, तारीखें, प्रसंग मेरे लिए अर्थ खो चुके हैं...कहाँ तो हफ्तों पहले से उस रात की उत्कंठा से प्रतीक्षा किया करती थी जिसकी कोख से नौ मई जन्मती। तूने कल शाम क्यों नहीं याद दिलाया? मैं बाई से नर्गिस के फूल मँगवा लेती..."

जिज्जी के अपराधग्रस्त विह्वल स्वर ने उसे बुरी तरह विचलित कर दिया।

वह भावावेश में उमगकर बोल पड़ी, "दुखी न होइए, जिज्जी! आपको याद नहीं रहा, मुझे याद था।"

"मैंने ठीक आपके अन्दाज में ही जीजा जी को बधाई दी! चुपचाप अरूप से नर्गिस के फूल मँगवा लिए थे। आपको इसलिए नहीं याद दिलाया कि देखना चाहती थी—आप दोनों को यह महत्त्वपूर्ण अवसर याद है या नहीं जिसे आप दोनों सदैव अनूठे तरीके से मनाते रहे हैं।"

अचानक क्षण-भर पहले का जिज्जी का उल्लसित चेहरा बुझ गया। शायद जिज्जी को उसका ठीक उन्हीं के अन्दाज में अमरेन्द्र को बधाई देना रुचा नहीं। अस्वाभाविक नहीं उनकी खिन्नता। जीवन में अपने भावों को हम निरन्तर अपनी तर्ज और शैली में अपनी विशिष्टता की मुहर के साथ जीना और आत्मसात करना चाहते हैं, उस अभेद्य में सेंध कैसी!

"तेरी गरदन पर ये नील?"

दवाइयों की मेज पर झुकी वह गोलियों के बिखरे पत्ते सहेजने को हुई कि अचानक जिज्जी के टटोलते प्रश्न ने उसे संकुचित कर दिया। अटपटा गई।

"पता नहीं..." घबराहट में इतना ही कह पाई।

उनकी सुबह की चाय खत्म होने तक वह सिरहाने बनी रहती थी लेकिन इस विकराल क्षण का सामना सम्भव नहीं। कमरे से बाहर हो जाना ही छुटकारे का एकमात्र विकल्प लगा।

बाहर निकलते हुए उसने रातवाला कुछ अधिक खिल आया नर्गिस का गुलदस्ता हाथों में लिए हुए उल्लसित मुद्रा में अमरेन्द्र को कमरे में प्रवेश करते देखा। क्षणांश वे उसके निकट ठिठके, "मैं तुझसे माफी नहीं माँगूँगा।" और भीतर हो लिए।

धुकपुकाते हृदय से वह रसोई में पहुँची नहीं कि अचानक उठा हवा में कलाबाजियाँ खाता हुआ टँग गया आर्तनाद उसे अपराध-बोध में धकेल गया। नर्गिस के फूल चिंधी-चिंधी हो पूरे घर में बिखर गए।

तब से कहीं आज इतने अन्तराल के बाद जिज्जी सहज हुई हैं।

दोबारा चढ़ाई चाय बुरी तरह फदफदाने लगी। पतीले में झाँका तो पाया कि पानी जलकर नाममात्र को शेष है। हड़बड़ाकर उसने कप भरकर दूध भगोने में उड़ेल दिया। खयाल आया कि इतनी उबली हुई चाय जिज्जी के लिए नुकसानदेह होगी। उन्हें वैसे भी हल्की चाय पसन्द है। बड़ी मुश्किल से तो मूड में आई हैं।

पतीला उठाकर उसने मोरी में उलट दिया।

बुदबुदाकर स्वयं को चेतावनी-सी दी ज्यादा आत्मद्वन्द्व उचित नहीं। फिलहाल वह चाय बना रही है। उसे बढ़िया चाय पर ही अपना ध्यान केन्द्रित रखना चाहिए।

ट्रे लेकर जिज्जी के निकट पहुँची तो पाया कि जिज्जी बेसब्री से चाय की प्रतीक्षा कर रही थीं। उन्हें चाय देकर, स्वयं अपना कप लेकर वह बालकनी की रेलिंग से आ टिकी। समन्दर की छाती पर गहराती स्लेटी अँधेरे की परत उसे अरूप की गुम्फित रोमिल छाती-सी अनुभव हुई...

दूसरी शाम अमरेन्द्र ने उसे पूछने पर बताया कि अपने जन्मदिन की सुबह उसने मनु से भावावेश में घटी रातवाली घटना नहीं छिपाई। यही सोचकर कि अनर्गल संशयों की लुका-छिपी में धँसकर मनु वह सब सोचने को मजबूर हो जाएगी जो न कहीं घट रहा होगा, न सम्भव है उस उत्तेजना की कोई दूसरी आवृत्ति। एक भावुक उत्तेजक क्षण की आकस्मिकता का सत्य, वही आकस्मिकता होती है। उस अभिशप्त घुमड़न से उचित है सत्य से उसका निर्मम साक्षात्कार जो कभी-न-कभी अपनी पारदर्शिता से उसके मन को कलुषमुक्त रख, विवेक के उपयोग को प्रवृत्त करेगा कि उसके पीठ पीछे, पहियाकुर्सी की पीठ से टिकी हुई युवती वही किशोरी है जो कुछ वर्ष पहले शशी थी। बिलकुल पहले जैसी अल्हड़, निश्छल, सलोनी, सहज शशी! वही इस समय उसके कन्धे पर मचलकर अपना सिर रख देना चाहती है...ठुनकती उनकी गोदी में मुँह छिपा लेना चाहती है, उनकी हथेलियों की स्नेहमयी सहलाहट अपने बालों पर रेंगती हुई महसूस करना चाहती है—ठीक पहले ही की तरह।

लेकिन ऐसा नहीं हो पाता। मन के शायद भीतर उसका एक अलग खाँचा होता है जो उसके चाहने, न चाहने से सहमत-असहमत होता अपनी स्वतन्त्र सत्ता जीता है।

दरवाजे की घंटी ने ऊपर पसरी खामोशी तोड़ी।

रेलिंग से अलग हो वह सहन की ओर बढ़ी।

"कौन?" जिज्जी के आशय ने ठिठकाया।

"बाई, जिज्जी! बाजार भेजा था। प्याज-आलू लाने। जीजा जी साढ़े दस से पहले नहीं लौटेंगे। किसी नई मशीन की फिटिंग हो रही है।"

मनु की चाय अचानक कड़ुवी हो उठी। सारी सहजता चूर-चूर हो गई—शशी को बताकर जाते हैं, कब आना है, कब जाना है, क्या कार्यक्रम है...अब तो उनके बारे में जो कुछ भी जानना होगा या जानने को मिलेगा—शशी के माध्यम से। उसकी देह का निचला हिस्सा लुंज हुआ है, ऊपरी नहीं!

शशी की सूचना पर कि जिज्जी कुछ अधिक अस्वस्थ लग रहीं, डॉ. दत्ता ने अस्पताल से लौटते हुए मनु को देखने आने की बात कही। वे नियत समय से पहले आ गए। शशी ने अमरेन्द्र को भी फोन कर दिया था। अमरेन्द्र घर पर मौजूद थे। पूरी संलग्नता से घंटे-आध घंटे मनु की जाँच करने के उपरान्त उसके गिरे हुए रक्तचाप और मानसिक विचलन को लेकर डॉ. दत्ता चिन्तित स्वर में बोले, "भई, कोशिश कीजिए कि ये ऊल-जलूल सोचना-विचारना बिलकुल बन्द कर दें, तभी दवाइयाँ असर करेंगी। वैसे बाएँ पैर में हल्की-सी हरकत पैदा हुई है। लेट अस होप।" कहकर डॉ. दत्ता शशी की ओर मुखातिब हुए, "मालिश और सेंक वगैरह जैसे बताई, वैसे ही हो रही है?"

"करवातीं ही नहीं।" शशी ने शिकायत की, "मेरे और बाई के लगातार पीछे पड़े रहने के बावजूद जिज्जी बिलकुल नहीं सुनतीं।"

"फिर तो अस्पताल में दाखिल करना ही पड़ेगा, 'शॉक' आदि के लिए।"

सुनकर मनु बेतहाशा चीख पड़ी, "अस्पताल मत भेजिए, डॉक्टर! कृपा करके मुझे घर पर ही रहने दीजिए। मैं बिलकुल ठीक हूँ, बिलकुल भली-चंगी।"

डॉ. दत्ता ने झुककर आँसू पोंछते हुए स्नेह से उसके गाल थपथपाए, "तुम साहसी हो, मनु! हिम्मत से काम लो, अस्पताल में इलाज की अधिक-से-अधिक सुविधा और सम्भावनाएँ हैं। तुम वहाँ जल्दी ठीक हो सकती हो।"

"हिम्मत!" उसका दिमाग भन्नाने लगा। कहाँ से लाए हिम्मत? उसे अस्पताल भेजे जाने के प्रस्ताव पर सब कैसे गूँगे हो रहे? क्यों नहीं कहते कि वे उसे अस्पताल नहीं भेजना चाहते? कौन-सी देखभाल है जो अस्पताल में ज्यादा बेहतर हो सकती है, घर पर नहीं? अस्पताल की घुटन से क्या वे वाकिफ नहीं हैं? अमरेन्द्र को अपने और उसके इलाज के लिए फैक्टरी से पूरा खर्च मिलता है। क्या वे उसे 'शॉक' आदि लेने और अन्य परीक्षणों के लिए कुछ रोज छुट्टी लेकर अस्पताल की आवाजाही नहीं कर सकते? जरूरी है वहाँ अनाथों की भाँति पटकना? उसे कुछ घपला नजर आ रहा। कुछ हो रहा है उसके खिलाफ, लगातार। जरूर इन्होंने डॉक्टर साहब पर दबाव डाला होगा कि वे उसे अस्पताल में रखवा दें तो अच्छा रहेगा। वे चाहते ही हैं कि उन्हें किसी प्रकार इस जान-उबाऊ तीमारदारी से छुटकारा मिले, ताकि वे खुलकर...

"नौकरी छोड़कर मैं घर नहीं बैठ सकता, न चौबीस घंटे इनकी तीमारदारी कर सकता हूँ...और फिर ये मेरी परेशानी नहीं समझ रहीं...फैक्टरी में नई मशीनें लग रही हैं..."

"अच्छा शान्त हो जाओ। सोचते हैं। कोई रास्ता निकालते हैं।" डॉ. दत्ता ने उसे आश्वस्त किया और कमरे से बाहर जाने के लिए मुड़ गए।

"डॉक्टर साहब, इन्हें अपना ध्यान खुद ही रखना चाहिए?" कमरे से बाहर होती हुई पदचापों के साथ धीमी होती जा रही अमरेन्द्र की ऊब-भरी खीझ उसे बुरी तरह मर्माहत कर गई।

जन्मदिन की सुबह उसकी शिकायत पर अमरेन्द्र कितने निष्ठ भाव से बोले

थे, "मैं सिर्फ तुम्हें जीता हूँ। तुम्हें किसी भी रूप में एक क्षण के लिए भी पाता हूँ तो पा लेना चाहता हूँ! लेकिन तुम! तुम्हारा दिमाग सड़ गया है। इस कमरे की चारदीवारी को तुमने एक खन्दक बना लिया है। उसी में घुमड़ती रहती हो और मुझे भी घसीटती रहती हो! क्यों तुली हुई हो इस घर को जिन्दा लाशों की कब्रगाह बनाने पर?"

यह सच है कि वह इस बन्द कमरे में पड़ी-पड़ी कुंठाओं में कैद होती चली जा रही है; पर क्या यह खन्दक उसने स्वयं अपने सड़ने के लिए निर्मित की है। क्या यह उसने चाहा था कि वह अस्पताल से लौटे तो अपनी देह का आधा जीवन्त हिस्सा खोकर?

डॉक्टर कुछ भी नहीं सँभाल पाए थे। न बच्चा बचा, न उसके बचने की उम्मीद। उपायहीन अमरेन्द्र ने घबराकर अम्मा को तार कर दिया। छठे दिन जब अम्मा अस्पताल पहुँचीं तो नर्स ने उन्हें व्यथित स्वर में बताया था कि साढ़े आठ पौंड के उस खूबसूरत बच्चे को उन्होंने मृत ही पेट में से निकाला था।

अमरेन्द्र के होठों पर गिड़गिड़ाहटें थीं, मिन्नतें थीं, प्रार्थना थी—डॉक्टरों से, ईश्वर से। मनु के लिए...सिर्फ उसके लिए ही। वह बच जाए! अम्मा ने बताया था।

वे जो कृत्रिम साँसें उसे दी गईं, कितनी कम थीं! वे साँसें उसे जीवन दे सकीं तो बस कमर के ऊपरी हिस्से तक। और उतना जीवन भी उसे अस्पताल में पूरे चार महीने तक अनवरत जीवन-संघर्ष के बाद प्राप्त हुआ। प्रसव-पीड़ा की असहनीय वेदना को झेलते हुए वह जो लेबर रूम तक चलकर गई थी, लौटी तो पहियोंवाली कुर्सी के सहारे।

कभी-कभी उसे सब ठीक लगते हैं। अपनी-अपनी जगह सही और तर्कपूर्ण। लगता है, वह शरीर से कहीं ज्यादा दिमाग से अपाहिज हो चुकी है जो शायद अब कभी उसे इस काबिल नहीं छोड़ेगा कि वह सही चीज को सही मायनों में सोच सके, जी सके, उदार दृष्टिकोण अपना सके।

वह क्या करे?

उन ठहाकों को कैसे झुठला दे जो सम्मिलित होते हैं और उसी के घर के

किसी कोने से भरे मेहों से उठते हैं? कैसे तसल्ली दे ले कि अब वह किसी प्रकार की साझीदारी के काबिल नहीं रही, कि उसे कोई हक नहीं बनता कुछ पाने का।

अमरेन्द्र उसके पास घंटे-दो घंटे भी नहीं बैठ सकते? उसे कुछ पढ़कर नहीं सुना सकते? पढ़ने का उसे कितना शौक था! आँखों पर जोर दे तो दिमाग दुखने लगता है। उसकी पसन्द-नापसन्द का कोई महत्त्व नहीं रहा? घर-बाहर की समस्याओं पर सलाह-मशविरे के भी उपयुक्त नहीं रही वह? अमरेन्द्र को याद ही नहीं रहता कि बगल के कमरे में वह भी पड़ी हुई है—एक जिन्दा लाश जो उसकी पत्नी है जिसे कभी वह कन्धों पर उठाए-उठाए नाचा करते थे, सागर सेन का रवीन्द्र संगीत सुनाया करते थे।

कितने बदल गए हैं अमरेन्द्र—उस पर बदल जाने का आरोप लगाते हुए कि वह शंकालु और संकीर्ण हो उठी है!

उसे लग रहा है कि एक भयानक तूफान ने उसके घर को जड़ से उखाड़कर फेंक दिया है। वह मांस के बेडौल लोथड़े-सी उसमें उड़ी जा रही है। अचानक दो खौफनाक पक्षी उसके करीब सिमट आए हैं और अपनी सुर्ख चोंचें खोलकर उसे निगल जाने के लिए झपट पड़े हैं। वह उनकी सुर्ख चोंचों में समाती जा रही है...

घबराकर सिरहाने रखी डायरी उसने हाथ बढ़ाकर उठा ली और पृष्ठ खोलकर उन पर कुछ लिखने लगी। लिखकर उसने डायरी यथावत रख दी। अगले ही पल निर्विकार भाव से हाथ दवाइयों की मेज की ओर बढ़ा। मेज पर से उसने एक शीशी उठाई और एकबारगी मुँह में उड़ेल ली।

(1976)

ट्रेन छूटने तक

कॉफी बेहद जल्दी-जल्दी घोंटी थी शुभा ने, फिर हल्के से कुनमुना आए होठों को रूमाल से छूकर जलन को नकारने की चेष्टा की, फिर कुर्सी खिसकाई और उठने की क्रिया में वैनिटी बैग मेज पर से उठाकर कोहनी में डाल लिया। विनम्र-सी मुद्रा में साड़ी की सलवटें ठीक करते हुए उसने अपने निकट के उलझे चेहरों पर एक उड़ती-सी भाँपती दृष्टि डाली—"धन्यवाद, चलती हूँ!"

"अरेऽऽऽ! चल दीं, बस! कहाँ? भई, अभी तो हम लोगों का विचार एक-एक कॉफी और लेने को था।" चश्मे को आँखों पर से उतारकर मि. साहनी ने उसे रूमाल से रगड़ते हुए उलाहना-सा दिया, "और, आपके हिस्से के ये सैंडविच...हम तो खाने से रहे।"

"बिलकुल ठीक!" अन्य चेहरों ने उनके समर्थन में लालायित दृष्टि से उसे घेरा, "कुछ देर और बैठो, जल्दी कैसी? अभी तो महफिल में आँच आनी शुरू हुई है।"

"न...नहीं। रुकना सम्भव नहीं।" संकोच में उससे कुछ कहते नहीं बन रहा था—"एक मेहमान से मिलना है। समय दिया हुआ है।" कहकर वह झटके से मुड़ गई। उनकी ओर देखे बगैर। देखना खतरे से खाली नहीं है। मनुहार दबो!च लेंगे झूठे ही। अपना इस तरह उठना उसे स्वयं तनिक अस्वाभाविक-सा लगा।

चित्त ठिकाने न हो तो उचाटपन कब-कैसे हावी हो जाता है, कहना मुश्किल है। पीछे से जुमला कूदा था—"कोई खास ही मेहमान होगा।"

पीछे उठते हुए ठहाकों के बीच उसने बिना ठिठके जुमला दागनेवाले को भाँपने की कोशिश की, फिर उसके कटाक्ष पर हल्के से मुस्करा दी। सोचा, जरूरत से ज्यादा तेज समझती है खुद को। कल ऑफिस में देखेगी। वैसे देखने की जरूरत भी क्या है। उसने सोचा, देखो तो अगला ज्यादा ध्यान से उसे देखता है जिससे वह स्वयं को घूरने की उम्मीद करता है। बरछी-सी घूरन! वार खाली जाने का दुख मामूली नहीं होता।

कोकिला की नियुक्ति अभी पिछले महीने ही उसके विभाग में बतौर सुपरवाइजर हुई है। महिलाएँ और भी हैं कर्मचारियों में, किन्तु कोकिला के आते ही उपस्थितियों की नजरों में 'हलोऽ'- 'हलोऽ' की उछलती, छलाँगें भरती चुस्ती के साथ कुछ बेचैन अबूझ सवाल आकुल-व्याकुल-से अपनी सीटों पर मँडराने लगते हैं। खासकर महिला वर्ग में—जब सुबह के उसके मेकअप को लंच के बाद भी तरोताजा पाता है तो पर्स में अपना छोटा आईना तलाशने लगता है। खुसफुसाहटें अकसर इशारेबाजी का रूप ले लेती हैं।

"यू सी, शुभा!" मिस लालचन्दानी अपने टाइपराइटर पर झुकती हुई फुसफुसाती हैं, "कितनी छिछोरी औरत है! इसका बस चले तो दफ्तर में मेकअप के साथ-साथ पोशाक भी बदलने से न चूके। रम्भा समझती है कमबख्त अपने को।"

सुनकर वह मुस्करा-भर देती है। कोई जैसे चाह रहे।

मिस लालचन्दानी उसकी बेरुखी झेल नहीं पातीं। पास की कुर्सी खींचकर उसके निकट आ बैठती हैं, "भई, सजते-सँवरते हम भी हैं लेकिन पुरुषों को रिझाने-फँसाने का धन्धा थोड़े ही खोले बैठे हैं!"

'तो बैठ लो' होठ न खोलना ही तो भीतर तत्परता से जुमलेबाजी पर उतर आता है।

वह खाली टाइपराइटर पर कागज चढ़ाने लगती है। मिस लालचन्दानी अपना पर्स खोलकर मीठी सुपाड़ी का एक बड़ा-सा टुकड़ा उसकी ओर बढ़ा देती हैं, फिर स्वयं मुँह में डाल चुभलाते हुए विभाग की खाली हुई कुर्सियों को देखती हैं।

लंच लेने के बाद लोग चाय के लिए या तो दफ्तर की कैंटीन चले जाते हैं या फिर बाहर लप्पा-डुग्गी करने। शुभा बाकी बचे हुए समय में कुछ बाहर के कागज टाइप कर लेती है जो उसे कुछ ऊपरी आमदनी दे देते हैं। उसकी मेज पर पेपर-वेट नचाती हुई मिस लालचन्दानी आँखें नचाती हैं—"वह जो तुम्हारा बॉस मि. साहनी है न, बूढ़ा, पिलपिला! कोकिला को देख अपना चश्मा साफ करने लगता है। मेरे हाथ में गुलेल हो तो दोनों आँखें साफ कर दूँ बूढ़े खूसट की।"

"अच्छा।" सहसा शुभा खिलखिलाकर हँस पड़ती है—"वैसे लोग कहते हैं, बूढ़े ने विभाग की किसी औरत को नहीं छोड़ा..." हँसी बाहर नहीं आती। भीतर पुन: मुखर हो आता है।

मिस लालचन्दानी उसके कानों में धीरे-से फुसफुसाती हैं—"बुढ़ापे में भी!"

दोनों मुँह दबाकर हँस पड़ती हैं। अबकी होठ चिपके नहीं रह पाते। हँसी झर रही है।

शुभा ने देखा, अपनी बात पर लालचन्दानी का चेहरा आरक्त हो उठता है। उसे पता है कि नौकरी के लिए परेशान मिस लालचन्दानी का चुनाव भी तो साहनी के चलते ही हुआ था...

"सॉरी!" एक मोटी-सी भद्र महिला का सहसा धक्का लगता है उसे। भीड़ अधिक है। गहरी लाल लिपिस्टिक पर जुबान फेरती हुई वे खिसियाई-सी उसे देखती हैं।

पसीने में लिपटी पौंड्स की सुगन्ध उसे खीझने नहीं देती।

छह बज रहे हैं। दफ्तर से निकले हुए उसे घंटा हो रहा है।

जबरदस्ती कोकिला उसे 'एक्सेलसियर कॉफी हाउस' से खींच ले आई थी। मि. साहनी और मिश्रा का आग्रह कम न था। सीनियर लोगों का आग्रह उससे संकोचवश टाला नहीं जा सका था। टालना भी खतरे से खाली नहीं था। नौकरी बड़ी मुश्किल से मिली थी। नौकरी आसानी से मिलती किसे है?—"तुमसे पहले मिस भाटिया थी न, इसी साहनी लम्पट ने बिना किसी गलती के चेतावनी

दे-देकर उसका जीना हराम कर दिया था। अकड़ू थी..." मिस ललवानी का रजिस्टर खुला था।

कैपिटल के पास थर्ड शो के लिए उतावली और सेकेंड शो की छूटी हुई भीड़ की उमस है। भीड़ में रास्ता पाने के लिए वह पर्सवाले की दुकान के पास तनिक ठहरकर भीड़ छँटने की प्रतीक्षा करने लगी है। माथे के ऊपर के बालों के बीच से चुहचुहाती पसीने की बूँदें भवों तक ढुलक रही हैं। पर्स से रूमाल निकालकर वह उन्हें पोंछती है। 'टू फिफ्टी का फोर, टू फिफ्टी का फोर...' पास ठहरकर चीते-सी चौकन्नी आँखोंवाला वह लड़का उसे ब्लैक के टिकट दिखाता है।

वह जान-बूझकर इधर-उधर देखने लगती है और बिना उसे कुछ जवाब दिए रोड क्रॉसिंग की ओर बढ़ जाती है।

ट्रैफिक अभी थमा हुआ है। वह भीड़ के साथ लगभग दौड़ते हुए सड़क पार करती है। अपने पीछे उसे गाड़ियाँ स्टार्ट होने की घरघराहट और हॉर्न की तेज आवाजें सुनाई देती हैं। ट्रैफिक खुल गया है। फुटपाथ की रंग-बिरंगी दुकानों से बचती हुई वह स्टेशन में दाखिल होते हुए क्षण-भर के लिए मुड़कर देखती है। भीड़ उस पार फिर थम गई है—सिगनल की प्रतीक्षा में।

एच. व्हीलर के 'बुक स्टाल' के पास से गुजरते हुए उसका मन नई 'फेमिना' देखने का करता है। आ गई होगी लेकिन दो-तीन मिनट भी यहाँ-वहाँ कर देने से निश्चय ही अम्बरनाथ लोकल छूट जाएगी। उसके बाद आधे घंटे तक कोई फास्ट ट्रेन नहीं है। कहीं 'वह' आकर न लौट जाए! कल जब उसने माँ के स्कूल में सुबह फोन किया था तभी माँ उसकी इस बात से सहमत नहीं हुई थीं कि शाम की चाय वह उन लोगों के साथ पीकर जल्दी ही लौट जाना चाहता है। सुनकर उसे लगा था कि उसने उसे फोन क्यों नहीं किया?

भीतर बहुत तुनका था।

सुबह घर से निकलते वक्त माँ ने उसे सुनाया था—"खाना खिलाए बिना उसे जाने थोड़े ही दूँगी, दही-बड़े उसे पसन्द हैं न?" फिर उसे प्रतिक्रियाहीन पाकर वह चुप हो गई थीं। गुरुवार को उनका स्कूल बन्द रहता है। छुट्टी का उपयोग करने की मंशा से वे पुराने ट्रंक खींच-खाँचकर बरामदे में ला रही थीं—"कीड़े हो गए हैं ट्रंक में...धूप दिखाने से अच्छा रहेगा।"

"लौटते में कुछ फिनैल की गोलियों के पैकेट ले आना, शुभू!" माँ की आवाज सीढ़ियाँ उतरते हुए शुभा को सुनाई दी थी। माँ के चेहरे पर उसे आज कुछ वैसा नहीं दिखाई दिया जैसा अकसर उसके आने की बात पर दिखता है।

"यात्री कृपया ध्यान दें! छह पन्द्रह पर प्लेटफार्म नम्बर पाँच से अम्बरनाथ जानेवाली फास्ट लोकल ट्रेन एक्सीडेंट हो जाने की वजह से रद्द कर दी गई है। कृपया अगली सूचना की प्रतीक्षा कीजिए..."

महिलाओं के डिब्बेवाले स्थान के निकट पहुँचकर, यह घोषणा सुन शुभा ठिठक गई। उसकी समझ में नहीं आया कि वह क्या करे। घोषणा होते ही भड़भड़ाकर गाड़ी खाली होने लगी। पल-भर पहले प्लेटफार्म नम्बर चार पर थाना लोकल आकर लगी है। दोनों तरफ उतरती हुई भीड़। भीड़ की ठेलमठेल के बीच वह अन्यमनस्क हो महसूस करने लगी कि उसके आसपास उमड़ता रेला निरन्तर दबाव बनाता जा रहा है। कमर के खुले भाग पर किसी ने बेदर्दी से चिकोटी भर दी है। वह पीछे मुड़कर देखने की चेष्टा करती है किन्तु पीठ-पीछे अनगिनत चेहरे हैं—मुँह चिढ़ाते, शाखाओं पर लटके नरमुंडों-से। चेहरा सीधा करते ही किसी की कोहनी उसके वक्ष पर चुभ जाती है। शर्म से वह सिमट जाती है। हथेलियों के बीच रूमाल पसीने से भीग गया है। पसीने से घिर गए चेहरे को वह उसी रूमाल से रगड़कर पोंछ लेती है। कहाँ खड़ा रहा जा सकता है? लगभग स्वयं को घसीटते और घिसटते हुए वह महिला प्रतीक्षालय की ओर बढ़ जाती है। कोकिला के प्रति वह झुँझलाई। फिजूल की गप्प-गोष्ठी के लिए उसने ही उसे रुकने के लिए कहा था, नहीं तो ठीक समय पर वह घर पहुँच जाती। अब देरी

तो होगी ही। वैसे पहले भी जब कभी वे समय तय कर मिलते, शुभा हर चन्द कोशिश करने के बावजूद विलम्ब से ही पहुँचती। वह अपनी घड़ी शुभा के सामने कर देता, "घंटे-भर से, तुम्हारी प्रतीक्षा में सूख रहा हूँ। नौकरी मैं भी करता हूँ!"

"सॉरी रवि!" वह खिसियानी-सी मुस्करा देती। फिर उसकी बढ़ी हुई कलाई हाथों में थाम, घड़ी की सूइयाँ घुमाकर सवा घंटा पीछे कर देती है—"देखो, अब मैं ठीक टाइम पर पहुँच गई न!"

"शैतान, मैं तुम्हें..." रवि हौले-से शुभा की झुकी लम्बी गर्दन को चूम लेता। एक झनझनाती सनसनाहट गर्दन से होती हुई शुभा की देह में व्याप जाती। तब कोई देख लेगा, ऐसी परवाह नहीं होती शुभा को—सनसनी जो बाँहों में भींचे रहती।

लोकल का 'महिला प्रतीक्षालय' लड़कियों और उटकी-मुटकी औरतों से अटा हुआ है। पूरे हाल में सिंथॉल और पौंड्स की हल्की खुशबू पसीने को दुरियाती तैर रही है। चेहरों पर चिन्ता की रेखाएँ हैं। उसके पास खड़े हुए लड़कियों के गुट से एक लम्बी-सी सिन्धी लड़की दु:खी स्वर में कहती है, "मेरे अंकल हमेशा पौने पाँच वाली कल्याण लोकल से जाते हैं।"

"रियली?"

"माई गॉड!"

कई स्वर सशंकित हो अवाक हो उठते हैं।

"कहीं पिछली माटुंगा जैसी भयानक रेल दुर्घटना..."

"ई...अगर इतना सीरियस होता तो वे अब तक एनाउंस न करते?

नॉनसेंस! जितना बड़ा एक्सीडेंट होता है, उतना ही कम एनाउंसमेंट होता है।" बॉबकट बालोंवाली सुन्दर-सी लड़की ने अपनी सुतवाँ नाक सिकोड़ी।

उसे याद आया, मिस लालचन्दानी का मंगेतर भी तो पौने पाँच वाली कल्याण लोकल से ही यात्रा करता है! जब भी उससे मिलना होता है, लालचन्दानी चार बजे ही ऑफिस छोड़ देती हैं। कितने गर्व से वह शुभा को बताती हैं—"चार

बजे ऑफिस से छूटने के बाद चर्चगेट से वह वी.टी. स्टेशन आता है और फिर पार्टटाइम काम करने के लिए कल्याण जाता है। वह नहीं चाहता, शादी के बाद मैं सर्विस करूँ..."

सुनकर शुभा का मन दुख जाता है। नौकरी का जुआ उसके कन्धों पर से शायद कभी नहीं हट पाएगा। शायद माँ नहीं चाहती कि वह अन्य लड़कियों की भाँति अपना घोंसला बनाए। पापा की मृत्यु के बाद घर का खर्च पूरा करने के लिए उसे दवाइयों की फैक्टरी में पैकिंग गर्ल की नौकरी करनी पड़ी थी। किन्तु इंटर में कई बार फेल हो जाने के बाद भी माँ ने सुरेश की पढ़ाई नहीं छुड़ाई थी। सुबह की निकली शुभा शाम को घर लौटती। ऐसी ही एक शाम को जब वह घर वापस लौटी तो माँ को इसलिए रोता हुआ पाया कि सुरेश ने एक बच्चे की माँ, एक तलाकशुदा गोवानी लड़की से शादी कर ली थी और हमेशा के लिए घर छोड़ उसके घर में रहने चला गया था।

"इससे क्या फर्क पड़ता है!" माँ के आँसू उसे और भी तीखा कर गए थे—"पिछले नौ महीने से वह 'बेकरी' में नौकरी कर रहा था। कभी उसने एक भी पैसा घर खर्च के लिए तुम्हें दिया?"

"तुम्हें तो सुरेश की जलन खाए जा रही है!" माँ क्रोध से भर गई थीं।

अब भी सुरेश कभी-कभी घर आता है अपनी पत्नी और बच्चे हैरी के साथ—जब उसे अचानक कुछ रुपयों की आवश्यकता पड़ जाती है। माँ उससे कुछ नहीं कहतीं। किन्तु शुभा जानती है, उनकी स्कूल की आधी तनख्वाह अब भी सुरेश की मदद में खत्म हो जाती है। कभी-कभी तो माँ बतातीं भी नहीं कि सुरेश आया था। घर पहुँचने पर छाया या टीनू धीमे-से उसके कान में फुसफुसाते हैं—"बड़े भैया आए थे...दीदी!"

"एक्सक्यूज मी!" वह लड़की उसे अलग हटाती हुई बाईं ओर वाली बेंच पर बैठी लड़कियों के निकट पहुँच जाती है—"यू सी रोजी, अभी-अभी नेक्स्ट एनाउंसमेंट हुआ है, पाँच मिनट बाद अम्बरनाथ तथा कल्याण के लिए ट्रेनें छूट रही हैं। ट्रेन पटरी पर से उतर गई थी...मुम्ब्रा के पास।"

वह राहत की साँस लेती है। सोचती है, दो मिनट बाद जाएगी ताकि सारी भीड़ गाड़ी में ठुँस जाए, चाहे उसे खड़े रहने-भर की ही जगह मिले। प्रतीक्षालय की ड्रेसिंग टेबल के सामने खड़ी हुई लड़की लिपिस्टिक होंठों पर गहरी करती है और निचले होठ को दाँतों के बीच भींचकर, अपनी साड़ी का पल्लू कसकर, पीछे खींच कमर में खोंस लेती है। कई बार आगे-पीछे मुड़कर वह कई कोणों से स्वयं को रच-रचकर देखती है, फिर शीशे में ही मुस्करा पड़ती है। सहसा शीशे में ही उसकी निगाह शुभा से मिल जाती है। उसे लगता है, इसे कहीं देखा है। हो सकता है यहीं प्रतीक्षालय में! अपना चेहरा सामने शीशे में उसे कितना रूखा-सा लगता है। साड़ी भी बेढंगी हो रही है! घर लौटते हुए चुस्ती काफूर हो जाती। उस शाम नहीं जिस शाम उसे रवि से मिलना होता था।

बाहर आकर शुभा को वही लड़की एक खूबसूरत नौजवान के साथ दिखाई दी। उस नवयुवक का हाथ उसकी पीठ पर टिका हुआ है। टिकटघर की लम्बी पंक्ति के बीच से निकल वे स्टेशन से बाहर हो गए हैं। पीछे से जोड़ा प्यारा लग रहा था। वह कैसे लगते होंगे!

स्टेशन के बाहर साँझ धुँधली हो रही है...जरूर वे किसी रेस्तराँ में सटकर बैठेंगे। कॉफी की गर्मी होठों को ही नहीं, उनके शरीरों को भी बुरी तरह जकड़ लेगी। वे भी तो ऐसे ही गुँथे हुए-से चलते थे। भीतर-ही-भीतर कहीं कुछ कट-सा गया। उसका वह पत्र जिसमें उसने शुभा को अपनी मजबूरी लिखी थी—शादी की! यह भी कि जून के पहले हफ्ते में वह आ रहा है...

शुभा को विश्वास ही नहीं हुआ था। उसे सामने देखकर भी नहीं। कुछ दिनों पूर्व मन का उफान खाया रोष भी अव्यक्त रह गया। शुभा को बिलकुल महसूस नहीं हुआ कि रवि की शादी हो गई है। पहले की ही तरह बस में बैठे हुए, बिना आसपास के लोगों या कंडक्टर की परवाह किए वह उसकी

हथेलियों पर आड़ी-तिरछी रेखाएँ बनाते हुए, अपने लिखे गए पत्रों का जवाब न पा सकने की झुँझलाहट व्यक्त करता रहा था।

सुनकर माँ खुश हुई थी—"उसने अपने प्रति ही नहीं, तुम्हारे प्रति भी एक समझदारी का काम किया है।"

वह समझ नहीं सकी थी कि माँ ने ऐसा किस मतलब से कहा था।

अब उसे कुछ-कुछ समझ में आने लगा है। कुछ-कुछ नहीं, बल्कि पूरी तरह से समझ में आ गया है।

गाड़ी छूटने में सिर्फ एक मिनट का समय शेष रह गया है। महिलाओं का डिब्बा बुरी तरह भरा हुआ है। इस ट्रेन को छोड़ देगी। दूसरी से जाएगी। तब तक भीड़ भी इतनी नहीं रहेगी।

अधिकांश दफ्तर पाँच बजे बन्द हो जाते हैं। चारों ओर से सैलाब उमड़ पड़ता है। उसे अब इतनी जल्दी भी नहीं, जितनी कुछ समय पहले तक थी। अगर वह प्रतीक्षा नहीं कर सकता तो उसे बिना उससे मिले ही चले जाना चाहिए। वह अपने-आपको इस स्थिति के लिए मजबूत करेगी। अच्छा तो यही होगा कि वह उसे घर पर ही न मिले तो शुभा उसे पत्र द्वारा जवाब दे देगी—'इतना साहस दिखाने की अब क्या जरूरत है? दिखाना था तो पहले दिख। 'मजबूरी' शब्द की आड़ मात्र पलायन है।' यह सब शुभा उसके उस पत्र के सन्दर्भ में लिखेगी जिसमें रवि ने अपने और अपनी पत्नी के मध्य तलाक की सम्भावना तथा शुभा से शादी करने के निश्चय को दोहराया था...आज का मिलने आना, उसी की भूमिका है शायद...

ट्रेन पकड़ने के लिए भागती हुई भीड़ का धक्का उसे लगातार लग रहा है। ट्रेन छूटनेवाली है। शुभा को लगता है कि कहीं ट्रेन छूट गई तो वह लेट हो जाएगी...और...और कहीं रवि सचमुच न लौट जाए!

सहसा वह फर्स्ट क्लास लेडीज कम्पार्टमेंट की ओर दौड़ पड़ती है। वहाँ थर्ड क्लास की अपेक्षा भीड़ कम है। पायदान पर पैर रखते ही आखिरी सीटी उसे भय से बुरी तरह झकझोर जाती है। किन्तु डंडा पकड़े खड़ी एक महिला

उसे बाँह पकड़कर दरवाजे के भीतर खींच लेती है। हाँफती हुई वह रूमाल से पसीना पोंछते हुए उन्हें धन्यवाद देती है। उखड़ी हुई साँस संयत करने के प्रयत्न में वह सोचती है—"वैसे हो सकता है, अब तक रवि चला ही गया हो? उसे चले ही जाना चाहिए या शायद..."

गाड़ी ने स्पीड पकड़ ली है।

(1968)

सफेद सेनारा

आज आपको देखा था।

आपको!

आप मंच पर आए। आपके आते ही कानों को फाड़ डालनेवाली तालियों की गड़गड़ाहट न जाने कितने क्षणों तक गूँजती रही थी। मालाओं से झुकी आपकी गर्दन जब ऊपर उठी तो सैकड़ों अधरों पर मानो चुप्पी का ताला पड़ गया। फुसफुसाहटें सन्नाटे में विलीन होकर रह गईं। गूँजती रही तो सिर्फ आपकी आवाज जैसे किसी घाटी के सीने में झरने की गूँज और धुनके बादलों में बदलता स्वर! जाने आपने क्या-क्या कहा। कुछ भी तो याद नहीं आ रहा। आत्म-विस्मृत-सी मैं आपको सुन कम पाई देखा अधिक। दो आँखों में सैकड़ों आँखें जो अँकुआ आई थीं! सच तो यह है कि वर्षों बाद आपको देखने के कारण अपनी यह अवस्था मुझे भी अस्वाभाविक नहीं लगी थी। हाँ, आपके कथन की कुछ आखिरी पंक्तियाँ न जाने ज्यों-की-त्यों क्यों याद हैं।

आपने कहा था—कुछ ऐसा...

'मैं आपका हूँ। लेखक अपने-आपमें होता ही क्या है। सिवाय रिसती एक अनुभूति के। ऐसी अनुभूति जो अपने आसपास बिखरी करोड़ों-करोड़ों जिन्दगी की तमाम अनुभूतियों के रिसाव को अपने भीतर समेटने और समेटकर उनकी पीड़ा को अपनी साँसों में भरने के लिए अभिशप्त है। जब तक लेखक जनमय

नहीं होता, उसके संघर्षों में उसका विलय नहीं होता—वह लेखक नहीं होता। मैंने जो कुछ लिखा है, ऊभ-चूभ होती धार में आलिंगनबद्ध होते अँजुरी के जल-सा बहुत थोड़ा मेरा अपना है, शेष बहुत सारा आप सबका। जो कुछ मुझे आपसे मिलता है उस सबके लिए मैं आपका हृदय से आभारी हूँ, उन्हीं टीसते घावों ने मुझे अभिव्यक्ति की प्रेरणा दी है। शब्दों से मेरा नाता जोड़ा है। शब्दों की दुनिया ही अभी मेरा डेरा है...'

पुन: करतल-ध्वनि का ज्वार उमड़ा जिसे विनम्र मुस्कराहट बिखेरते हुए हाथ जोड़कर आपने स्वीकार किया था।

कुर्सी पर बैठते हुए आपने कुर्ते की जेब से रूमाल निकालकर आँखों की कोरों से छुआया था। आँखों में पानी शेष है! या लोगों को भ्रम देने का उपक्रम था यह आपका?

उपक्रम प्रभावी रहा। अभिभूत लोगों की भावाकुलता ठाँठें मारने लगी। स्वाभाविक था। कागजों से बाहर लेखक को इस रूप में देखना और गहरे महसूस करना कि इतना प्रतिष्ठित सम्मान पाने के बावजूद इतना विनयी, सौजन्यशील, अहंकार-रहित हो सकता है एक लेखक? सभास्थल पर उपस्थित प्रत्येक जबान पर आपके ही मृदु स्वभाव की चर्चा थी।

"जिसकी कलम दुनिया-भर की व्यथा अपनी सियाही में समेट लेती है, वह आखिर कैसा हो सकता है? सच्चा साहित्यकार साधक इसे ही तो कहते हैं।"

सभास्थल के एक कोने में खड़े एक खादीधारी सज्जन जिन्हें मैं जानती हूँ। राममोहन पाठक जी से आपके सौम्य-आकर्षक व्यक्तित्व पर अपनी टिप्पणी की थी—"साक्षात देवपुरुष हैं शरद बाबू!"

"किस कृति पर विद्यापीठ का पुरस्कार हासिल हुआ है शरद जी को, एक अन्य महाशय ने प्रश्न किया जो कार्यक्रम में आरम्भ से आखिर तक उपस्थित रहने के बावजूद उस महान कृति से अनभिज्ञ थे।"

राममोहन पाठक जी ने चौंककर घूरा उन्हें। बोले, "आप भी कमाल के आदमी हैं, भाई साहब! रामायण पूरी सुनने के बावजूद पूछते हैं राम कौन थे?"

मन-ही-मन झुँझलाहट से भर उठे थे वे। फिर भी शिष्टतावश मुस्कराकर बोले थे, "'खंडहरों का दर्द' पर।"

"ओह! क्या लिखा है शरद बाबू ने कि उपन्यास पढ़कर आँसू ही नहीं रुकते। किस जीवटता से उपन्यास का नायक नवीन पतिता स्त्री धारा को अंगीकार कर उसका उद्धार करता है समाज से बैर मोल लेकर कि बस, पूछो मत। साहस से भर देता है उसका यह क्रान्तिकारी कदम! एक हम हैं, अपने हृदयों में कैद। चाहते तो हैं कि वैसा ही जिएँ जैसा मन चाहता है मगर सामाजिक नीति-अनीति के कायदे-कानून आगे बढ़ने से रोक हमें देते हैं।"

एक शायर महाशय ने अत्यन्त कवित्वपूर्ण शब्दों में उस महान कृति की प्रशंसा कथ्य के धरातल का स्पर्श करके की—

"असल में आदर्श लेखक इसे ही कहते हैं, भाई जी। शरद जी, जो केवल विचारों में ही सुधारवादी नहीं हैं बल्कि व्यक्तिगत जीवन में भी उसे आचरित करने के पक्षधर रहे हैं और स्वयं आचरित भी करते हैं। आजकल के दोहरे मानदंडोंवाले लेखकों की भाँति नहीं हैं। जो करते कुछ हैं, लिखते कुछ हैं।"

राममोहन पाठक जी के मुख-द्वार से पुन: स्तुति-सरिता फूट निकली—

"मैंने तो सुना है भाई, शरद जी एक बाल-विधवा से ब्याह करने जा रहे हैं?"

कोट-पतलूनधारी एक अन्य सज्जन ने बीच में टपककर कहा—

"सुना क्या, देखा नहीं आपने उस स्त्री को? अरे, वही जो अभी उनके साथ मंच के दाहिनी ओर मि. सिन्हा के साथ बैठी हुई थी, सफेद साड़ी में, मोतियों की चार लड़ी की माला गले में धारे!"

"अच्छाऽऽ, वही थीं? भई वाह! आदमी हो तो ऐसा।"

शायर जी ने दाद दी, खुले दिल से।

मैंने यह सब सुना तो कानों में खौलते तेल की बूँदें उतरती चली गईं। नहीं जानती, क्यों। बगल में खड़ी मेरी प्रोफेसर मित्र ने सहसा मेरी कोहनी छू ली। "शुभा, इतनी उदास क्यों हो रही?"

"न नहीं तो..." मैंने जबरन मुस्कराने की चेष्टा करते हुए उन्हें बहलाने की कोशिश की। चेहरा इतना क्यों बोलता है?

"जानती हो तुम शरद जी को?"

लगा, किसी ने अन्तरमन के कपाट पर हल्के से दस्तक दे दी है। दस्तक को अनसुना किया मैंने।

"अभी जो देखा है उन्हें!"

"हूँ।" वह अजीब ढंग से मुस्कराई थीं।

आप सचमुच कितने महान हैं। ऐसा ही तो मैंने भी सोचा था! 'खंडहरों का दर्द' पढ़कर। पढ़कर कितनी-कितनी रातें बरसती आँखों, भीगते-ठिठुरते बिताई थीं मैंने। सच कितना उपेक्षित होता है और फिर जो झूठ को सच बनाने की कला में माहिर हो उससे सच तिरस्कृत नहीं होगा तो किससे होगा?

मैंने देखा था, आपके करीब आपकी होनेवाली धनाढ्य पत्नी हर्ष से विह्वल हो मन्द-मन्द मुस्करा रही थीं। आप जैसे ख्याति-प्राप्त व्यक्ति की अर्द्धांगिनी होने का सौभाग्य जो उन्हें प्राप्त होनेवाला था! कितनी भाग्यवान हैं वे! लेकिन सोच रही थी उनकी देह पर इतने हीरे-मोती न दमक रहे होते तो क्या वे इतनी सौभाग्यशाली होतीं? जिस चमचमाती गाड़ी से सभास्थल पर उतरे थे आप, वह भी तो उन्हीं की थी!

मंच पर से जब आप उतरे थे, बेशुमार छात्रों की भीड़ ने हस्ताक्षर पाने के लिए आपको घेर लिया था और आप उसी सहज मुस्कान के साथ उन्हें हस्ताक्षर दे रहे थे।

उस समय न जाने क्यों आपको एक बार बिलकुल निकट से देख लेने की भीगी लालसा सहसा हृदय में प्रस्फुटित हुई थी जिसे दबा नहीं पाई तो अपने उन्हीं प्रोफेसर मित्र के साथ निकट जाकर आपको देखा था। सच! आँख भर के देखा था। आप बिलकुल वैसे ही लगे थे जैसे बरसों-बरस पहले हुआ करते थे। कभी आपकी आँखों में उतरते-झाँकते महसूस किया था आपकी गहरी भूरी आँखों की आलोड़ित होती झील की तरलता को। झील! जो मन्द बयार के स्पर्श से उद्वेलित

हो सिहरती आलोड़ित होने लगती है। मन्द बयार बहाती नहीं, न तूफान पैदा करती है न भँवर! सिर्फ आलोड़ित करती है! उस क्षण मेरी छुअन बयार ही तो थी। आँच-भरी मन्द बयार! मैं आपके निकट पहुँचकर उसी पुरानी बयार में क्यों तब्दील हो उठी थी! उसी मन्द बयार जिसके अब कोई मायने नहीं है आपके लिए! मैंने स्वयं को दुत्कारा था। यह क्या पागलपन है। अर्थहीन। मैं ऐसी क्यों हो रही हूँ? होना नहीं चाहती थी, मगर समझ नहीं पाई, यह कैसी विवशता है। अपने पर अपना नियन्त्रण खोने की? मैं जो आँधी-पानी के थपेड़ों से मजबूत हुई स्वयं के लिए अपना छाजन आप हूँ! आप छात्रों को हस्ताक्षर देने में मग्न थे। सोच भी नहीं सकते थे कि आप पर टिकी अनगिनत आँखों के बीच किसी और की भी आँखें टिकी हुई आपमें अपना विगत खोज रही हैं। पन्नों-पर-पन्ने पलट रही हैं उस विगत के जो विश्वासघात से छलनी, घुट-घुटकर जी रहा है। फिर लगा था जिसकी यादें ही साँस हैं मेरी और जो मुझे उसके बिना जिन्दा रखे हुए हैं और जिन यादों के डेरे ने मुझे कभी अकेला नहीं होने दिया, मुझे उनकी परवाह करनी चाहिए! क्यों, क्यों इतनी दीन-हीन हो रही हूँ?...

याद है आपको?

शायद नहीं।

स्मृति में सँजोए रखा जाए इतना महत्त्वपूर्ण वह सब कुछ था क्या? यानी मैं! आपकी जिन्दगी में मेरा होना? वैसे, यह भी उचित ही है कि विगत की स्मृतियों को अपना भविष्य बनाकर जीने की मूर्खता क्यों की जाए? अपने ऊपर हँसी आती है मुझे, मैंने तो इन्हीं यादों में डूबकर आधी उम्र काट दी है। गणित मेरा हमेशा कमजोर जो रहा है।

अब अपनी बेवकूफी पर पछतावा भी नहीं होता पर आपकी होनेवाली इन विधवा वाग्दत्ता के लिए चिन्तित हूँ मैं। कितना जानती हैं ये आपको या इनकी समझ भी प्रेम की धुन्ध में डूब चुकी है। दया आती है मुझे इन पर—ठीक वैसे

ही जैसे आपको देर तक अपने कॉलेज के गेट के पास अपनी प्रतीक्षा में विकल खड़े हुए पाकर उपजती थी मन में।

याद है आपको? कितने अनोखे ढंग से हमारा परिचय हुआ था? उसके बाद जो एक शुरुआत हुई थी, उसकी लतरा बेल ने अपनी कोंपलों को कैसे-कैसे पंखों से बुना था और कैसे उन पंखों को ऊँची-ऊँची उड़ानों के लिए ओर-छोर रहित आसमान के लिए तैयार किया था।

अपनी एक कविता प्रकाशन हेतु आपके कार्यालय में लेकर गई थी मैं, डाक से भेज सकती थी किन्तु कार्यालय घर के बिलकुल निकट ही तो था!

"ऊँ हूँ...यह कविता...कोई दम नहीं है। पत्रिका के स्तर की भी नहीं है। आपने तो निस्सीम जी की एक प्रसिद्ध कविता की नकल मात्र करके रख दी है। दु:ख है मुझे..." आपने कहा था।

सन्न-सी हो गई थी मैं आपकी प्रतिक्रिया से। साहस कर बेबाक होने की कोशिश की थी।

"नहीं प्रकाशित करनी है, तो साफ-साफ इनकार ही काफी होगा। यह नकल-वकल का आरोप क्यों लगा रहे हैं आप?"

"आप चाहें तो अपनी अन्य रचनाएँ मुझे दिखा सकती हैं, अनुकूल होने पर निश्चय ही प्रकाशित करने की कोशिश होगी।" कुछ पिघलकर आपने कहा था। भाँप गए थे शायद कि इतनी कठोरता अनचाहे ही हो गई है आपसे।

"कोई जरूरत नहीं है।" कहकर कागज को फाड़कर पैरों-तले पटकती हुई मैं बाहर निकल आई थी—कविता के भीतर बनी हुई, उसी में घुमड़ती। शायद यह सच नहीं, शायद यही सच था। कविता की अवमानना छोटी होती है क्या?

पीठ पीछे मैंने सुना था, आपका एक सहयोगी कटाक्ष कर रहा था—"यार, जिसे देखो वही कवि-कथाकार बनने पर आमादा है। तुकबन्दी क्या कर ली स्वयं को महादेवी वर्मा समझने लगती हैं। पैरों की धमक तो देखिए, भूकम्प हो रही है।"

उस दिन कसम खा ली थी कि अब कुछ भी नहीं लिखूँगी। कुछ कहने के लिए ही तो लिखना होता है। कहने से होगा भी क्या? क्यों दुत्कार पाने के लिए जन्मे कविता और उसे जन्म दूँ मैं? तिरस्कार कविता का और वह भी उससे जो स्वयं इतना चर्चित लेखक है!

इस घटना के बाद न जाने कितनी बार हम मिले थे। मिलने के बहाने खोजते और उन बहानों के बहाने मिलते। बहानों के संकोच एक-एक कर टूटने लगे और इम्तहान के बाद जब मैंने आपको बताया था कि मैं अपनी बुआ के यहाँ शिमला जा रही हूँ कुछ दिनों के लिए, पहाड़ अब तक नहीं देखे हैं मैंने तो आप कितने खुश हो उठे थे। झुँझलाहट हुई थी मुझे। विचित्र हैं आप भी। मेरे जाने के नाम पर इतने प्रसन्न हो रहे हैं? अनमनाहट उदासी को लाँघ आँखों में पनियाती कि तभी आपने यह कहकर सहसा चौंका दिया था कि संयोग से आप भी शिमला जा रहे हैं वहाँ अपना नया उपन्यास 'कस्बों का शहर' लिखने के लिए लगा था कि जिन्दगी हर मोड़ पर सहृदय होकर हमारा स्वागत कर रही है। मैं बहुत खुश थी। बिना माँगे झोली में आ दुबकनेवाले सपनों की खुशी से खुश! खुश तो आप भी बहुत थे। जब भी आप मुझे किताबें उपहार में देते तो सहज ही समझ में आ जाता कि आपकी खुशी पींगे भर रही है। एक क्षण को यह भी महसूस हुआ कि खुशी को अपने साथ के साथ जोड़कर शायद मैं गलती कर रही हूँ। लिखने के लिए मनचाही जगह और मनचाहा समय निकाल पाना भी आपके लिए खुशी का कारण हो सकता है! मगर मैंने यही सोचा कि कारणों में उलझकर मुझे अपनी खुशी को गौण नहीं करना चाहिए।

कुफ्री और नालदेडा की उन्नत पर्वत-शृंखलाओं और सघन देवदारुओं की ढलानों पर काँपते सफेद सेनारा के छोटे-छोटे जंगली घास के फूल! ओस की बूँदों-से झिलमिलाते। ठंडी हवा की सहलाती दुलार से सिहराते। आपने कहा था, आपको घास के वे फूल बहुत भले लगते हैं। जब आप किसी चट्टान पर

बैठकर लिखने में मग्न होते तो मैं ओस-से सफेद सेनारा चुनती और अँजुरी में भर आपकी कॉपी पर उड़ेल देती। ओस में भीग जाते आपके लिखे हुए पन्ने! और फिर उन पन्नों पर इन्द्रधनुष खिल आते...एक नहीं अनेक इन्द्रधनुष, सतरंगे।

नीले-नीले अक्षरों के बीच सफेद सेनारा और सफेद [illegible] के बीच इन्द्रधनुष!

"मैं तुम्हें कुछ इन्द्रधनुष लौटाना चाहता हूँ, शुभा।" आपने शरारत से भरकर कहा था।

"धत!" मुझे झूठा गुस्सा आता था आपके ऊपर।

साँझ आरक्त होकर जब चोटियों के पीछे, क्षितिज पर सिमटने लगती थी तब हम देवदारुओं को थकाकर उठ खड़े होते थे और नीचे टैक्सी की ओर बढ़ने लगते थे। अजीब-सी उमंग से भरे हुए। जब हम अलग होने लगते थे तब आप अपनी अँजुरी में सहेजकर लिए हुए ढेर-से सफेद सेनारा मेरी केश-राशि के ऊपर उड़ेलकर कहते थे, "सेनाराऽऽऽ"

मैं हल्के से सिर हिला देती, कुछ फूल झरकर नीचे बिखर जाते थे...

"ऊँ हूँ, बेहद खराब हो तुम!"

"कितने?" ठहरकर आप मेरी आँखों में डूबकर पूछते।

ऐसे क्षणों में जवाब जाने कहाँ जाकर दुबक जाते! मैं उन्हें ढूँढ़ती भी नहीं। ढूँढ़ना चाहती भी नहीं थी।

वापसी पर हम दोनों ने निश्चय किया था कि उन महकती साँसों को हम जीवन-भर के लिए अपने भीतर बाँध लेंगे—अटूट गठबन्धन में!

'कस्बों का शहर' की सफलता पर हर्षित होकर आपने कहा था—"शुभा, हर पन्ने पर बिखरी हुई हृदयस्पर्शी सजीवता तुम्हारे अनुराग की अमर गन्ध है जो मेरे सम्पूर्ण जीवन पर छा चुकी है। शुभा, भय लगता है कि कहीं तुमने अपना रास्ता अलग कर लिया तो! लेखक बँधकर नौकरी कर नहीं सकता। लिखने से

नौकरी को बैर है। अर्थ के स्थायित्व के बिना जीवन की गाड़ी खिंचती नहीं। तुम्हें सड़क पर आने के लिए कैसे मजबूर कर सकता हूँ...

आज भी सब याद है, बिलकुल उसी तरह। रास्ता मैंने नहीं, आपने ही अलग कर लिया था, जब मैं निश्चय कर चुकी थी! आपके संग मैं सड़क पर उतर सकती हूँ। मैंने यह भी बताया था कि मैं आपके इन्द्रधनुष की...

गन्धहीन सफेद सेनारा कुचल दिए गए। उनपर कैसे पाँव रख सके आप?

मैं स्तब्ध रह गई थी। निरभ्र नीले आसमान ने स्वयं को धुएँ से क्यों पाट लिया! मैं उस धुएँ के बीच खोये इन्द्रधनुष को तलाशती रही बार-बार। लेकिन वह वहाँ होता तो मिलता? पुरुष इतना कायर हो सकता है! बहुत-सी कहानियाँ आपने कागजों पर पूरी की हैं लेकिन यह कहानी आपने मुझ पर क्यों लिखनी चाही थी?

अखबार के उस दफ्तर की नौकरी छोड़, आप उस इमारत को छोड़कर चले गए थे जहाँ मैं आपको अपनी कविता के साथ पहली बार मिली थी लेकिन उस इमारत के भीतर मेरी कविता क्यों छूटी हुई है? जाने क्यों अब तक वहीं बैठी हुई है। इमारत नहीं पुँछती मेरे जहन से। शायद मैंने उसे पोंछना भी नहीं चाहा। शायद, पोंछने का नाटक-भर किया है और पोंछ देने के उस नाटक को अब तक जी रही हूँ। मगर शायद मैं झूठ बोल रही हूँ—आप कैसे सुन पाएँगे मेरे झूठ को?

आपके एक मित्र ने बताया था कि आप बम्बई चले गए हैं। आपको शायद मालूम न होगा, मरने की बजाय मैंने दुनिया से लड़ना अधिक मुनासिब समझा—हालाँकि आपने कहा था—"मरो या सड़ो, मुझे इससे कोई मतलब नहीं।"

सचमुच आप जैसे महान लेखक के लिए दुनिया में उद्धार करने के लिए और भी बहुत से शापग्रस्त लोग हैं। मैं भी अपने घर से अलग होकर बेंगलूरू आ गई थी—डी.पी. कॉलेज में हिन्दी की लेक्चरर होकर। यह तो मुझे बाद में मालूम पड़ा कि आपकी पहली पत्नी आपके द्वारा उपेक्षित होकर गाँव में अपने

माँ-बाप के घर, उनकी सेवा-टहल में जिन्दगी के बचे-खुचे दिन काट रही हैं और वह भी सिर्फ इसलिए कि वे अनपढ़ थीं। इतने बड़े लेखक के साथ कोई अनपढ़ गुजर कैसे कर सकती है! मात्र चूल्हे-चौकेवाली देहातिन उसे कब तक बाँध सकती थी?

इसीलिए तो कहती हूँ कि आपकी महानता पर वाह-वाह करनेवाले लोगों पर मुझे अत्यधिक दया आती है क्योंकि वह आपके दोहरे-तिहरे व्यक्तित्व के पैबन्दों से अनभिज्ञ हैं। बल्कि यूँ कहूँ कि मुझे क्षोभ होता है।

आपकी शादी में मैं जरूर आऊँगी। बम्बई में ही जो हूँ! बधाई देने के लिए तो लोग पराये के यहाँ भी चले जाते हैं, फिर आप तो कभी मेरे अपने थे। अब भी एक बार आँख-भर देख लेने की साध मिटी नहीं है...अब भी कहाँ पराये हुए हैं!

आपको देने के लिए उपहार भी निश्चित कर लिया है मैंने। जो कभी मुझे आपने सौंपा था वही...आपको शायद अनुमान न होगा...'मुन्नू' सात साल का हो गया है। मैंने उसे आपके बारे में बता दिया है। वह भी अपने महान पिता से मिलने को उत्सुक है।

सब कुछ तो खो चुकी हूँ, और दूँ ही क्या? स्वीकार कर सकेंगे न आप!

(1964)

❑❑❑